# T 字母會 時間

*L'abécédaire de la littérature*

*T comme Temps*

# 目次

*L'abécédaire de la littérature: T comme Temps*


T如同「時間」 楊凱麟 …… 005

時間

張亦絢 …… 011

黃崇凱 …… 029

陳　雪 …… 043

胡淑雯 …… 059

童偉格 …… 075

駱以軍 …… 091

顏忠賢 …… 123

評論

潘怡帆 …… 143

# T如同「時間」

楊凱麟

時間

*L'abécédaire de la littérature*
*T comme Temps*

「時間的純粹力量」激生了各種特異的生命，正是在時間的空洞形式中，無法預知與創新的事物一再引發既有真理的危機。這是普魯斯特一再希冀以書寫迫出卻困難無比的「一點點在純粹狀態裡的時間」。有事件，是因為有著使事件暴長而出的時間，有流變，因為有使流變湧現竄逃的時間……，如果有作品，是因為有使其成為可能的獨特時間性。對作品的分析絕對離不開一種使作品成為可能的時間性分析。

有二種時間：經驗時間與事件時間。經驗時間假設了均質的現在，過去是已逝的現在，未來則是還未降臨的現在，時間是無數現在所串連而成的連續性，鐘錶的刻度。事件時間則是另一回事，總是由經驗時間的失序、脫軌與走鐘所察覺，時間的「流變─瘋狂」與精神分裂。

為什麼會察覺時間有第二種觀點？因為歷時、連續與規矩的經驗時間起痟、「中猴」了，可預期的下一個現在不再按我們的期待乖乖進場（小伊底帕斯應該被國王的手下謀殺，最後卻反而殺父娶母……），時間的「壞小孩」混進來破壞秩序，這是平靜的時間順序中發生的偶然與意外。所謂意外並不是發生了不存在或不真實的事，從時間的觀點來看，意外是事物在錯誤的時間裡進場，事情愈意外時間愈錯亂、起痟，原本最不該在這個時間點進場的卻出現了，最遙遠的時間點變成現在的立即瞬間。

如果像鐘錶刻度般尺度嚴謹的歷時時間（同質的現在排隊規矩進場）總是偶爾會起痟，事件的意外與偶然總是避免不了，會不會這種變態、脫軌與混亂其實是時間的真正樣貌，而鐘錶秩序只是我們強加上去的表象？如果時間不是不變的連續現在，反而一再出現的混亂才是時間的根本，時間即「流變—瘋狂」而且根本沒有任何理性與律法，如果「時間管理」根本不可能，這種世界是什麼風景？如果這種我們並不少見的「現在的根本混亂」與「對現在的逃離」不是時間的偶然狀態，而是它真正的面貌，這是何種生命的獨特肌理？

如果穩定的現在壓不住時間的「躁鬱運動」，未來與過去不再與現在同質或同一，未來插隊或過去暴動了，如何從壞掉的經驗時間中重新思考「純粹狀態裡的時間」？

或許不必然像普魯斯特以悠長時間迫出「一點點在純粹狀態裡的時間」，或許，只需一瞬便「逃離現在」：以無限制的未來與過去重構每一瞬間並因此抹除「現在的暴政」。現在總是想將未來與過去相互關連成廣闊厚實的連續時間，瞬間則是未來與過去在無厚度時間中的暴力表現，這是未來與過去在現在＝0的無限制運動。每一瞬間都是將整體未來與過去灌注其中的激烈展演，在最小之中有最大的宇宙，或者不如說，瞬間不可能不在凹摺無限制未來與過去的操作中而不同時是「最小現在」。每一個瞬間都是兩種極限之間的不可能摺曲：可展演時間的最小值以及可思考時間的最大值。在最小中摺入最大，將無限制的未來與過去塞擠於最小現在之中。瞬間必須再瞬間化以便在趨近0或等於0的同時又含納「無限制的未來與過去」。未來與過去不斷摺出（摺進）激烈與緊繃的瞬間，未來與過去愈壓擠摺入，瞬間就愈激烈與緊繃，每一瞬間都虛擬地含納了整個時間，時間只是一條由瞬間所串連的直線，在這條直線上的每一個點都如同是一個摺入無限制未來與過去的微摺曲，一個以最小值含納最大值的單子。
時間，就是波赫士的「直線迷宮」。

# T 時間

張亦絢

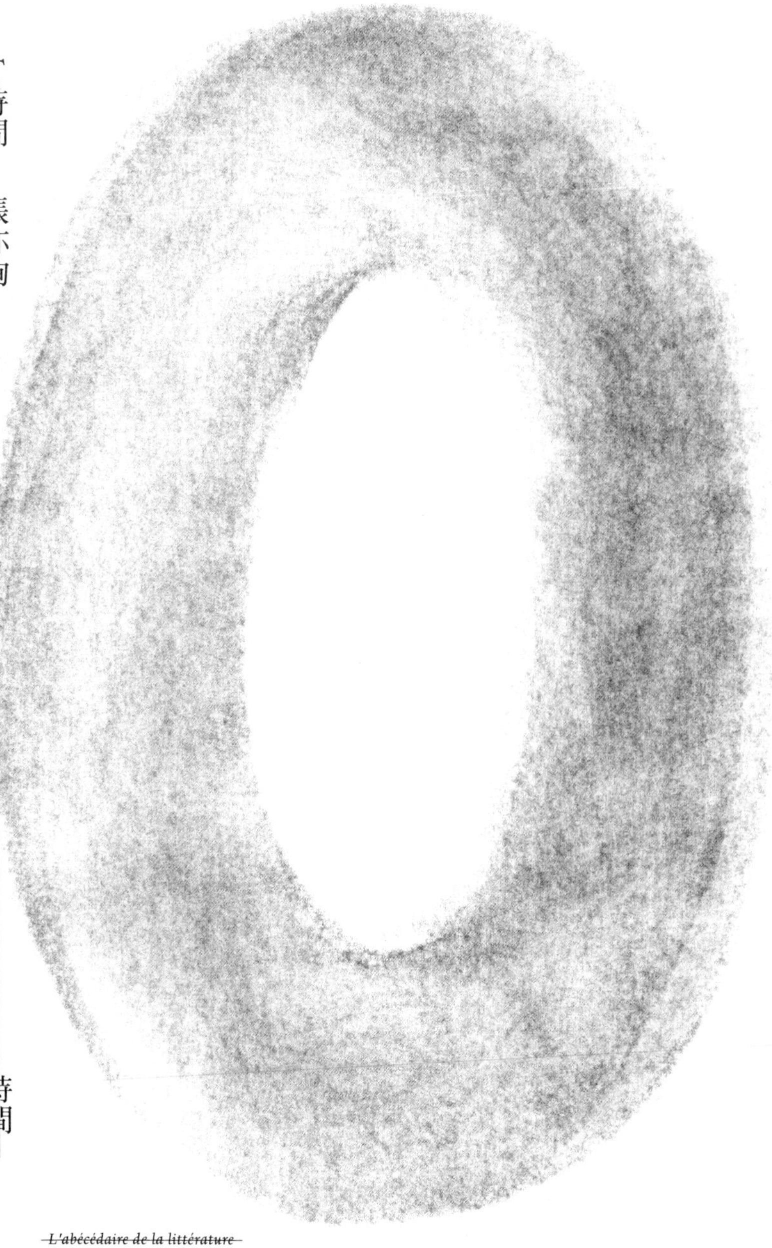

時間

*L'abécédaire de la littérature*

*T comme Temps*

# 01

日後，蘇莎雅總忍不住一再想起那些日子。想起來時，她戲稱那些東西為「我人生的金箔」。莎雅從未親眼見過金箔，她以為的金箔，大概是用來包金莎巧克力的糖果紙。但是莎雅非常滿意這個形容，金色意謂著最高級，至於箔——則是因為它輕軟，不占空間——簡直像指甲的月牙一樣——「我剛剛得到，馬上就失去了。」

為什麼一個人可以得到這種至福，但又無法保存它呢？當莎雅如此自問時，並不帶有抱怨的口吻。她只是單純的好奇。自從那段時間結束後，我再也沒有達到過同樣的狀態了。那是一去不復返的經驗，莎雅尋思道。那也是我人生的高峰，在那之後，我就止不住地走下坡——走走停停，但整體而言，那是一個緩降的下坡。雖然這個下坡，在許多人眼裡，或許仍然是在高處，或是非常向上，充滿光榮——只有我自己知道，在這之前，是地獄；在這之後呢，也是地獄。只不過是，我一直是平靜地，待在我的深淵裡。

這是什麼？究竟該如何描繪，我人生的金箔？在失去它許多年後，莎雅仍舊惦記它，如同和氏惦記他的那塊好石頭。如果我能了解這片金箔，我或許就能瞭解一切——儘管莎雅這樣想，但是她並不知道，她可以如何著手——因為除了她自己，沒有別的人，見過她的寶物。寶時。

雖如此，莎雅還記得，她生命中的某些人，曾經提供過不同的線索，間接地見證過金箔的存在。其中一個，就是霖。莎雅與霖同月同日生日，但兩人隔了一年。霖是她的學弟，有段時間似乎也扮演了類似戀人的角色。莎雅覺得兩人之所以在戀人的路上，不具有「完成性」——其中一個原因，就是兩人太過相像。有個姊姊悼念自殺身亡的弟弟的文字中，這麼寫道，我們曾經吸著同一口空氣——這非常接近她對霖的感覺。我與霖，我們曾經吸著同一口空氣。據說有很多人都在一生中，碰到過沒有血緣關係，卻覺得是自己雙胞胎的存在。如果莎雅要選一個人，像是這種人，那一定就是霖了。她感到自己不能吸引霖，因為那太不費力了——不是因為她對他瞭若指掌，而是當他們在一起時，總是可以不經過任何了解的過程，就感到了解。彷彿回到子宮，霖對她來說，永遠是安全感的保證——在與霖近乎完美的和諧中，莎雅卻也覺得自己似乎「沒有被生出來」。莎雅後來與他失去了聯絡。然而在莎雅二十歲之前，霖就像我的衛士一般，莎雅想道：那時沒有任何惡龍可以靠近我。

霖或許是唯一認真看待過，並且如莎雅肯定她的金箔般，瞭解金箔存在的另一人。在莎雅漸漸失去金箔的某一日，霖在電話中，彷彿老片重映一般，複述給她聽，莎雅曾經怎麼樣敘述她的絕美場景——霖像回聲壁一般地，再現了那個過去。妳的聲音滿是輝煌——霖加上彷彿古老辯士的那種注解：「燦爛無比。」彷彿有人突然在自己面前亮出鏡子，她不閃不避地承認：「啊，是的，當時一切，確實如此。」妳真的非常擅於描述，霖說。那是霖對她的讚美，然而當時的莎雅，只以為那說的是對幸福的崇拜。莎雅認為，如果誰曾經如此幸福過，誰都會如此擅於描述。當時莎雅已經不再能如此描述了，她空有字與句。描述一件事所需要的深深激動，已棄她而去。人會保有聲音，但聲音會失去各式各樣的東西。我們無法用保養喉嚨保養音色，聲音也有它的根。而根一樣會死亡。莎雅的掃帚再也無法凌空飛起。不過莎雅沒有感到嚴重性，成為飛天女巫，過去未曾出現在她的生涯規畫中。

## 02

莎雅學藝術。崇拜某個藝術家前輩，或是許多藝術家前輩，這一點都不稀奇，對於周遭的同門同業而言，這本是一種生活方式。莎雅有時會想，我供奉過真多神明。——然而到頭來，這些我暗自欽佩與一意效法的大師，沒有一個在我身上發揮過改頭換面的影響力。這些影響力都是可以分析的。然而我的金箔，我無法分析。從失去它的那一刻開始，我就不再擁有——如今我擁有的只是它的廢墟，一種彷彿遺址的所在。莎雅有些好笑地想道：這或許就是我一個人湮滅掉了的文明。連在我身上，我都無法復興它。因為我既不清楚它是怎麼建立起來的，也不知道是什麼滅了它。我說它曾存在，但我毫無證物。就連討論它，似乎都是一件奇怪的事。它的價值到底是什麼？

它的價值到底是什麼？這個問題似乎比它是什麼，來得容易回答一些。它的價值是，它的價值是，它的價值是，一度使我成為某一種人，某種懷抱希望的人。原來愛的消退是與希望的消退有關的，莎雅想道。自從我失去金箔之後，我就愛得比較吃力。多麼奇怪！後來的人生裡，我更像一個有目標，並且也能達成目標的人。但是我卻不再有希望。我會許願，甚至願望也會成真，但我卻不再是一個有希望的人。這究竟是一種什麼樣的變化啊！

桑田是怎麼變成滄海的呢？如果我是某一種自己的生態觀察者，我也許就要做出這樣冷靜的陳述：這個單一的物種，雖然還生存著，但已面臨了無法解決的退化。當我們測量她幸福的程度，沒有一次，她可以達到她十九歲時的那種飽滿充盈。這是一個漏水的桶子，一雙不合任何腳的鞋子，一頂像是帽子，但沒有任何人可以戴上的帽子……。要是我們在海邊發現它，如果不是因為她又會呼吸又會說話，我們甚至會不小心就去拆卸她。因為我們感到，在她身上，有種機器人似的悲哀。——然而唯一會欣賞並且為此種幽默開懷的霖已經消失，一個人對著自己做出這番想像陳述的莎雅，覺得這個寂寞中的玩笑，似乎是惡毒的。而我遠非不快樂，莎雅想道，我仍經常歡笑，我仍知道愉悅與滿足。可是一切都比較次等了，就算衝到了最高點，也是在比較次等狀況中的幸福。我是明智的，但這種明智也仍然是次等的。

莎雅回想她過去所謂的滿懷希望，那個希望完全不明確，不是對一事一物一人抱有希望，而是一切都充滿了希望。那個希望是無盡的，唯一使那種無盡，變得看似有點可數的方式，或許只在取悅美心學姊這一事上。我是從什麼時候，不再只想著取悅美心學姊的呢？莎雅問自己。她回答道：也許是從我開始把自己套進戀愛的框框中開始的。誠實地說，莎雅當時並沒有戀愛，但是她有約會的對象與貌似戀愛的生活——我就像一個勤於家務而不再上教堂的信徒一般，莎雅笑自己：我於是失去了聖寵。

關於美心學姊，最難以取信於他人的，就是莎雅說，她並沒有在戀愛。沒有錯，美心學姊是個女同志，莎雅也是，但是「就算大家都願意接受女同志結婚甚至生子，像我對美心學姊的感情，大家都還是覺得莫名其妙。而我竟也不知不覺地，屈服在這種壓力之下。」回想起來，我並不像我以為的，那麼不接受社會成見。我還是受到了環境的影響，認為性的關係或是戀愛關係，才能夠成為感情的主流。我也是依著某種流行或是風潮，在框架我。如果當年我不那麼屈從——莎雅想道，那意謂著什麼？那意謂著我會深愛一個，我並不想與她成為伴侶的人，這種愛或許不能把我提升到一種「有伴」的光采之中，但我會比較真誠——沒身分，沒地位，沒有「我是一個怎樣怎樣同志經驗」的驕傲見證——沒有發言權與詮釋權——就算我擁有的將是全然的沉默與卑微，莎雅想道：我也會是一個比較好的人。弱勢如我，女同志如我，我也還是一個被權力蒙蔽了的人。我太不尊重無規則與不命名的感情。因為沒有類別，我就怠惰，我放棄了護持，就像一個人放棄了獨有的天賦——我還是成為一個啞巴人魚公主——就算這是為了另一個公主，莎雅想，我仍然真是蠢得可以。如果說為什麼美心學姊不會使我成為啞巴，莎雅想道，因為我是從美心學姊那裡開始學會，如何完全不犧牲自己而處世——只不過是，我後來卻又很快重操舊業。雖然最接近莎雅對美心學姊感情的描述，或許就是宛如殉道般地自由。但是殉道卻不等同於犧牲。我之所以十分舒暢，就是因為在那裡，既無痛苦，也無妥協。

美心學姊對藝術一竅不通。不過，她卻也曾為了莎雅勉力一試，認真表示若干藝術方面的見解。那是在莎雅已經失去人生金箔，很久很久以後的事了。莎雅依然非常感動。

莎雅並不熱衷於把美心學姊拉進她的每日生活中。不過也有一些例外。有次莎雅導話劇，缺了一個要有點個子的路人甲，出場不久並且沒有臺詞，只是在精確的時間點上，必須把站在舞臺上的另一個演員推到舞臺下。她找了美心學姊來。但是在排練時刻，美心學姊一人就出了不下十次錯，不是太早把對方推下去，就是推得不得法——連自己都從舞臺上掉了下去。

美心學姊是如此拙劣，以至於莎雅不得不改戲，讓本應該是被推下去的演員，自己演出「彷彿被推一把因此跳下地」的假動作——如此反而輕易解決了問題。美心學姊最後只需要站在演員背後，不動即可。莎雅在她的領域中，從來沒有見過比美心學姊還無能的人了。但是她絲毫不以為忤。後來莎雅想出了解決的辦法，莎雅都還覺得，自己所有的力量，都是從美心學姊那裡得來的。莎雅後來還是時不時遷就演員的弱項而改戲，然而莎雅更覺得那變成了專業，她自動展示她有多靈活與知道多少戲劇的變通之道。為美心學姊改戲卻不是。莎雅覺得，當時純粹因為愛。

## 03

在那段時光中，我活在深深的寧靜當中，莎雅想。除了寧靜，其他的事物都是裝飾，而寧靜無形無象。莎雅不記得在哪裡讀過或是聽說過，某人因為擁有一段特出的生命，而唯一能夠彰顯那段生命的紀事就只是：當時常常擦拭他的腳踏車。無事的愉快，以及毫不患得患失的勤奮，十分接近莎雅的金箔歲月。沒有大喜與大悲，但是淡淡的甜蜜感覺源源不絕，莎雅只是過著平常日子，但那些平常日子，卻帶有一種好似飛機平穩降落在地的優雅。我曾經美好地降落在我自己的生命之中。莎雅後來體驗過更多興奮，成就感，甚至幸福，但是那種寧靜，失而不復得。

——莎雅很確信這種感情，與戀愛並不相類，其中一個原因就是，她從不依靠與美心學姊見面這樣的事——戀愛，似乎會想與戀愛對象見面——但是自從莎雅與美心學姊相遇之後，莎雅很輕易地，就可以在美心學姊不在場時，一樣感覺到美心學姊，就在那裡。

莎雅偶爾會因巧合遇到一些教會的人，在告別的時候，教會的人會對她說：願神與妳同在！莎雅並不清楚這句話真正意思，莎雅覺得這句話就像「再見」一樣，或許是一種禮貌用語。她從來沒有對被她當成禮貌用語的這話，太注意。然而，當莎雅憶想美心學姊時，莎雅發現，她所得到的祝福，非常接近不經過任何祝福語就得到的，那原來就是，美心學姊與她同在。沒有任何人做出祈願，就連那句「要有光」都不必，莎雅就感覺到了無所匱乏：她有美心學姊。這個「有」是那麼輕鬆，比處女生子還要神奇，連前來報喜的天使都省了——莎雅有美心學姊，而且誰也不用生出誰。沒有確認、手續、儀式或太多實際接觸，有就是有。那時莎雅天天歡喜。

究竟莎雅這種福至心靈的快活，與莎雅本身比較有關？還是與美心學姊比較有關？在莎雅來說，這種狀態完全是被美心學姊開啟的，但莎雅不清楚它關閉的過程——。我們也不清楚。

莎雅那時覺得自己缺點多多，可是她都充滿改變的信心——那個時期的我，幾乎是深愛著每一個人。不是因為我了解人，而是美心學姊在我體內放入了這樣的改變。莎雅知道，美心學姊也不是深愛著每一個人，她也聽過美心學姊說人壞話，但是都並不嚴重。頂多就是像女學生的聒噪絮叨。與莎雅認識的許多人相較，美心學姊就是比所有的人，都剛好多出那麼一點點的愛。也許，美心學姊的生命中，也有她的美心學姊吧。

## 04

如果莎雅曾經對霖描述過，她在校園遇見美心學姊的那一幕，也許霖會以一種忠於莎雅的方式，在多年後讓莎雅重聽一遍，所謂當時的燦爛。不過莎雅記憶所及，她沒有對霖敘述。那時，莎雅開始與小雲約會，所以她對小雲說了。莎雅並不曾了解她的戀人不看重她私人情感的傾向——以小雲的話來說，她只是提供莎雅，另一種觀點。莎雅說她騎著腳踏車，就在校園裡與美心學姊不期而遇。美心學姊向她招手，對她笑，她把腳踏車停下來問美心學姊，怎麼會來她們學校？美心學姊告訴她，因為有個老師剛從國外回來了，她來給老師請安。然後然後，又然後。然後然後，又然後。對莎雅來說，那是一場慢速播放的電影，每個時間的刻度都是不能漏掉的神聖臺階，沒有一階能被踩空。幸福非常詳細。可以算到小數點後千百位。

小雲連笑帶罵：「美心這樣會做工夫！所以老的小的都喜歡她！也難怪妳會被她迷倒。」——莎雅一聽，萬般雀躍，頓時隱蔽。就像地鼠被打進地洞。雖然也不能說小雲哪裡不對，小雲不過就是做她自己。然而那就不是莎雅的敘述法。莎雅不知道，是不是就像碰到敵視同性戀或藝術的人之時，她會不得不斂住自己，她也不得不這樣一點一滴地，在一次次微微掩面或是垂下眼睛中，失去了她的金箔。小雲與她五年感情，最後只是讓她身心殘破——人會自己用有價值的東西，去換什麼樣的破爛，這完全是哀傷、並且神祕的事。

「美心學姊使我有一種我是鑽石的幻覺，使我覺得擁有最幸福的堅不可摧，因此不怕任何切割、鎚打與磨難。即使直直走上斷頭臺，我在當時也相信，我的頸子絕對砍不斷。幸福就是這樣一種東西。但會使人失去警覺。我隱隱感到小雲就是那座斷頭臺，但我還是走了下去。只是到後來我才知道，護身符也會比我還快就消失。我再度成了破銅爛鐵。」

## 05

如今莎雅完全失去描述美好感受的能力。那天在與美心學姊告別之後，她覺得這樣的意外相遇，令她太快樂了，她不知道可以做什麼，去慶祝她盛開的生命。她於是做了一件她平常不一定會做的事，她進去一間沒進過的早餐店，心醉神迷地，點了一道蛋餅。事實上，那是莎雅不熟的早餐店，所以她完全不知道，竟然有早餐店，可以把蛋餅，做得那麼難吃。與其說莎雅是不快，不如說她是大驚。她加了點醬油，又加了點甜辣醬，然而蛋餅無藥可救。莎雅飛揚的心沒有被破壞，她喜滋滋地，把她知道等一下就會令她反胃的蛋餅，吃得乾乾淨淨。彷彿她身在一齣最輕快的喜劇當中。當時美心學姊還與她同在——她很高興有過那麼難吃的蛋餅，更加襯托出她的歡暢以及毫髮無損。

在人生中最喜悅的剎那，我不知道該拿自己怎麼辦。最後我只是吃了一個，一生當中最難吃的蛋餅。儘管如此，莎雅還是對自己說，我一點都不後悔蛋餅部分，雖然當時我還不知道，那就會是我幸福的末梢。在最美妙的那一日裡，我以一份超級難吃的蛋餅，目送了黃金生命的背影及其尾巴。

莎雅知道，記憶中的金箔燒之不盡，那是燒給還活著的死人的。莎雅祈願自己平安。

# T 時間

黃崇凱

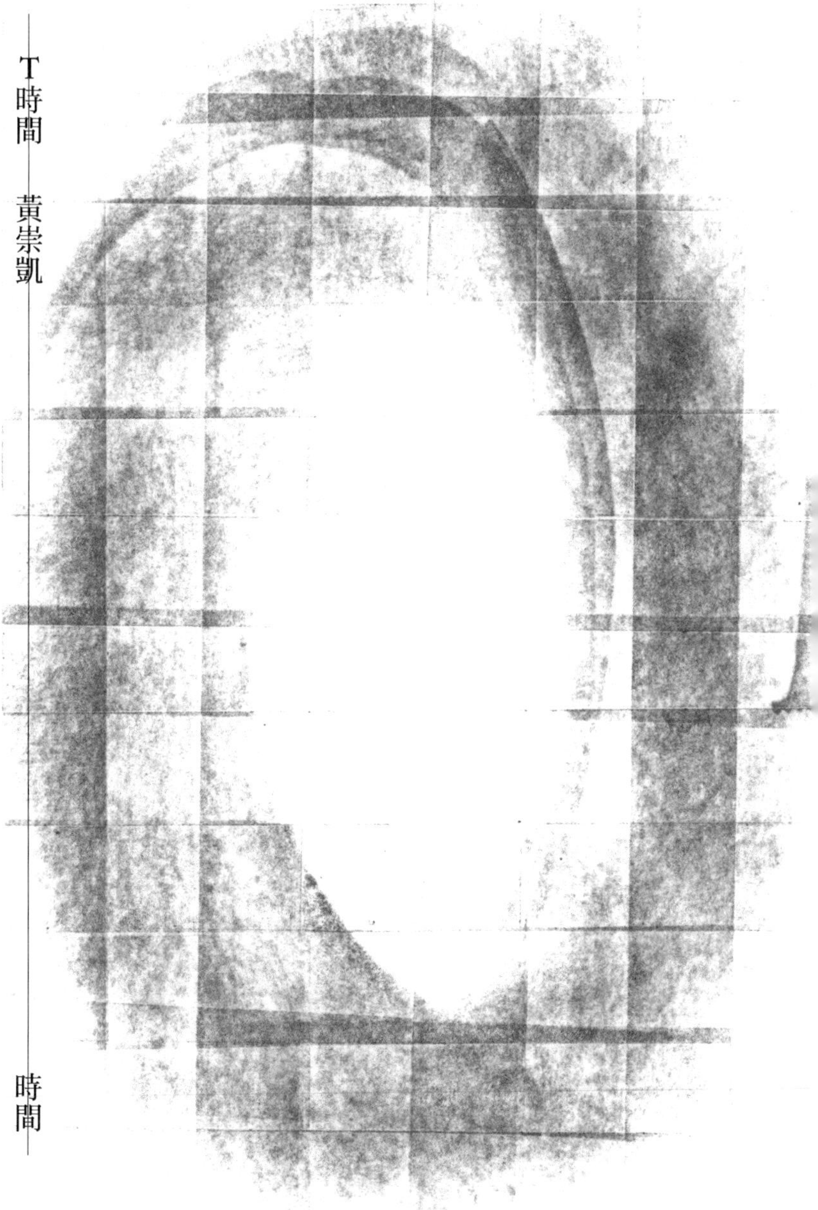

時間

L'abécédaire de la littérature

T comme Temps

他們扶著她回家，刷了門卡進大樓，她直起身子衝到住戶門鈴通話面板亂按一氣，有幾個問誰啊，她大聲喊著我臭雞掰沒人幹啦，有人生氣地重複她的話。他們慌忙，一人一邊架住她往電梯鑽進去。兩人對視一眼，露出無奈的笑。她嘴裡說著，你們知道我誰嗎，我偷偷告訴你們，不要跟人家說。我上輩子就是在菲律賓做男妓，被捅了一輩子，老天才賞我這輩子有個真正的鮑魚。

狄克對強尼說，都你啦。強尼聳聳肩，開了客廳燈，她躺在地板上蠕動著，呻吟著好冰好舒服喔。強尼蹲下來，掌心貼著她額頭說，乖乖，幫妳脫鞋嘿，不要穿著高跟鞋睡覺，隔天起來腳會腫。狄克動手剝除她的上衣、裙子、絲襪，一具酒瓶似的薄汗光滑身體裸露在燈下。她的意識迅速天黑了，剩下些許黯淡的餘暉在邊角閃爍。強尼到冰箱查看，除了打包的廚餘垃圾，只有過期的鮮奶。四處翻看，找不到別的飲料，扭開流理檯的濾水器，倒了水喝。他盤算著，今晚要怎麼度過。他跟這女的好幾個月沒見了，說不上來為什麼。這女的一切都很配合，當初手機搖一搖就出來了，兩人滾床單像在健身房做運動，毫不忸捏。躺在床上彼此都很自然避開各自的感情不談，只交換些工作、興趣之類的基本訊息。最初兩、三次見面後，他在離開的路上想，科技真是太進步了，想都沒想過哪天會這樣弄上一個炮友。突然對十幾歲以來那些不著邊際的性幻想感到悲哀。不再受到慾望的煎熬，也沒了煎熬逼出的想像。或許哪天性與科技會進步到像Airbnb或Uber那樣：您周圍有閒置的陰道幾條、閒置的陰莖幾隻、是否願意組隊報團，就連幾分鐘抵達都精準可數。強尼想著，看見車窗倒映自己猥穢的笑，像根針，刺破膨脹的淫念。

狄克不喝水，脫了褲子，在地上搬弄她的雙腿。狄克硬槓槓的，覆蓋在她身上，吐了口水抹抹下體，試著要進去。大概督了一、兩分鐘，沒成，出一額頭汗，看強尼半躺在沙發上看著電視，要他找找解碼臺。強尼從003一路切換到173，沒一臺能促進性慾，還聽見倒陽的某法師傳道解經。狄克放棄，從口袋摸出手機，點了A片看，刻意調高音量，自己套弄著，射在她臉上。狄克丟下手機，到浴室沖澡，影片還在嗯嗯啊啊，強尼托腮，看著換穿黃衫的林智勝揮棒，想說這傢伙不簡單，居然還創下什麼連續上壘場次的紀錄。狄克出來，一屁股坐在強尼旁邊，故意撥開他的腳，罵了聲幹。強尼轉頭看看他，狄克說根本死魚，搞個屁。強尼嘆了口氣，起身抽了幾張衛生紙，彎腰擦去她臉上的精液。聞到那腥臭，強尼說你最近吃很多蘆筍响。什麼啦。狄克咕噥著拿遙控器不停切換頻道。強尼搖搖頭，進到浴室沖涼，出來時絞了條溼毛巾，草草為她擦澡。他喊狄克過來幫忙，兩人各抬一邊，將她丟上床。強尼替她拉過被子蓋在肚子上，走出臥室，重回沙發，看著重播無數次的《唐伯虎點秋香》。他們沒交談。狄克打瞌睡，突然驚醒似的起身說要走。強尼繼續盯著螢幕，輕輕說了掰。電影播完，他覺得有點餓，滿屋子找東西吃，搜出半包洋芋片，燒水沖了杯三合一，整個人像她褪下的那堆衣物癱在沙發。

有一瞬，強尼想到我在這裡幹麼啊，心裡靜靜地笑。本來要來體驗人生第一次3P，結果卻在這裡吃軟掉的洋芋片喝爛咖啡看第四臺。他進去臥室，坐在床邊，看她深沉的睡眠，空氣有女孩子房間專有的甜甜香味，可能是乳液，可能是香水，也可能是洗髮精編織出來的。這種味道讓強尼回想起那些沒有結果的戀愛。還是國中的時候，參加大學生返鄉社團的營隊，喜歡一個隊輔姊姊。據說是讀社會系的，兩天早上的晨操都是她帶，也帶大家唱歌，當大地遊戲的變形蟲闖主。強尼腦中自動回放那隊輔姊姊在1到9的數字上盡可能延展四肢的模樣，扭曲得好性感，或說性感得好扭曲。他瞥見一小截腰部閃現在她褲頭和T恤中間，像塊大布丁。結業時，大家紛紛找人合照，隊輔姊姊一手比著YA，一手搭著他的肩，他可以感覺到柔軟的胸部邊緣箍在胸罩裡，還有一股淡淡的、冒著熱氣的甜香。營隊後，強尼常常寫信給那位姊姊，一開始還有幾次客氣、溫暖的回信，漸漸地他不知要寫什麼，每次要開頭寫第一句，就劇烈地感受到有一堵厚實的牆，將他們隔開在兩端。終於放棄。

強尼知道這有違彼此的默契，卻還是打開她的手機和包包。記事本上是每日記帳明細，也有他們幾個月前比較密集見面的紀錄，此外看不出有其他人或什麼流露情感的內容。真是孤獨啊。但她聲音真是好聽。他記得第一次約出來，他已經在房間等了，她傳來語音訊息，說要買點酒，如果要買點什麼跟她說。他聽的時候，明明看過照片了，仍想像那聲音應當屬於纖細、嬌小的身軀，從窄薄的胸腔彈奏出語句音節。本人與聲音不像，流流汗總是愉快的。強尼覺得奇怪的是，每次做完，她像是燃燒到芯都斷了似的，隨即陷入睡眠。開房休息兩小時或三小時，他們都只會做一次，其他時間就是他看著她熟睡。起先的一兩次覺得有些不安，多幾次也覺得沒什麼，反倒他逐漸感到安穩。他想到很遠很遠的從前，比如說五萬年前，某個活在舊石器時代的原始人，從久到沒有時間感的天演過程掙脫出來，知道穿衣服、畫畫、做陷阱打獵、把死去的人集中放在同一處。他們各有各的洞穴，可以生火、安心睡覺，跟哪個異性或同性摸來摸去。他彷彿能體會第一個感知孤寂的人類，可能就跟他醒在無邊的黑暗裡，有人在旁發出均勻的鼻息差不多吧。他覺得在那些時刻，好像人就深深坐在歷史的正中央，往另一頭望去，又一個五萬年，猜想那個遙迢廣漠中也有個意識正在回顧自己。

強尼覺得歷史的真相就是性交而已。從五萬年前的想幹就幹，一路演化到複雜無比的幹。所有增生的文明厚度都是從性交的前面後面長出來的，性交本身幾十萬年都一樣短促。他拿起手機，劃開螢幕，一小塊亮光伏貼在臉上，刷刷臉書，刷刷微信，刷刷這，刷刷那，已經無法想像那沒有網際網路的過往，他是怎麼撐過來的，而那些小本的、寫真集、錄影帶最後都到哪去了？他想不起來。強尼放空看著房間的電視畫面，清冷的空調讓他的精神維持在困倦與清醒的臨界點，他撐持著不讓睏意越界，因為想完整保留這種有人在自己身邊沉睡的安全感。他等著退房前十五分鐘打來的提醒電話鈴聲，只要響第一聲就快速接起，掛斷，不讓後續的鈴聲吵到她。他會在最後五分鐘搖搖她的肩膀，輕聲說：時間到了。

自從那次他們約在她家見面後，強尼不時會想像她在家做什麼。那晚她臨時催促他來。強尼一進門，只見雙眼發紅的她虎身撲上，惡狠狠扯開他上衣、褲子，那氣勢洶湧到讓他一度覺得他們並不是要搞，而是她要生吞活剝了他。

或許在公司受了委屈吧，還是那些貪圖她聲音的無聊客戶對她開什麼下流玩笑，他不想主動問，以免顯得太親密。事後，她沒睡著，整裝好，他們一起到附近夜市吃路邊攤。他記得滿開心的，也很自在。回家路上，他收到訊息：謝謝你陪我吃飯☺。他一陣惶恐。就這樣已讀不回幾個月。

這段期間他沒找別人，有時想著她每天接打幾十通上百通客服電話，一套臺詞說了又說，不是討錢就是借錢，幸好回到家沒人說話，也不需要說話。他腦中浮現她的上背部，緊緊綁縛的胸罩像肉粽的線；一層貼著肉的束腹，包紮傷口似的裹住她的下背部；臀部收攏在套裝的短裙，伸出兩條黑絲襪的壯腿。他可以推想她很疲憊，只想發呆、做愛和吃喝。她又約了誰到哪裡開房間了？她仍然毫無畏懼地做完倒頭就睡死？她會不會被什麼約炮爛咖挖光皮包裡的錢？強尼像在努力撐著不睡著那樣，試著不要對這些問題的答案太感興趣。

直到他終於下定決心要擺脫好奇心，傳訊息問她要不要試試3P。她不像以往即時回應，過了三天，才在深夜三點五十四分回覆「好啊。。。。。」強尼看到一連串句號時，覺得那簡直比他的提議更加恥辱，更令他陷入沮喪。想來想去，只有狄克能問。迂迴試探之後，總算問出口，狄克欣然答允，即使隔著手機螢幕，他都能感覺狄克壓抑不住內心的歡欣鼓舞。他們約了週末晚餐，模仿著真正的朋友，訂了啤酒餐廳，大嗑豬腳、肋排、炸雞、香腸，配著一大杯冒泡的生啤。強尼驚詫地看著狄克和她，在投資理財和世界局勢之類的話題如乒乓球流暢對打，反倒讓他生出自己原來是配菜的錯覺。她喝得又急又猛，似乎刻意放低笑點也放大笑聲，放肆大啖肉食。狄克讚嘆說妳簡直在跟大家宣告「老娘不是吃素的」嘛。她張大嘴笑，露出齒縫舌間鋪著一層咀嚼未吞的肉沫。一起上廁所的時候，狄克說喂她差不多的話就可以走了。強尼撒下熱尿，便斗底層的冰塊化成蒸汽上升，點點頭說可能還要讓她再喝幾杯。

當然強尼是故意勸進，但她表現得渾身酒膽，暗謀似的真喝掛了。那個強尼沒見過的她拉開拉鍊，素面坦率，嘮叨起來。先是說起每天電訪客戶總會有一兩個像是不忍心她念經似的重複推銷說詞，反過來安慰她，我知道你們這行辛苦，其實大家都辛苦，大環境不好，所有人都掙扎啊，要好好努力活著都不容易了，要加油喔。然後話鋒一轉，就開始說類似什麼妳裡面那顆跳蛋的震動有沒調到最強呀之類的言語騷擾。她提醒說先生請別這樣，電話有錄音的。對方可能就馬上掛掉，要不就罵得更厲害破麻什麼的都出來了。接著又說，其實有時也真的是會遇到幾個好聲好氣陪她說話的聽眾，聽得仔細，嘴裡說抱歉實在沒錢投資（或沒法再借錢），好像她是來討債的。她偶爾會想怎樣的人會有美國時間聽她說完那一大串毫無情感的臺詞，你來我往的又問得詳細（妳做銀行客服怎麼不知道英國脫歐日幣會大漲呢）卻又不要任何東西。話鋒一轉，又問說要不要考慮轉換跑道啊，我做高山茶大盤，妳聲音那麼好聽，甜得回甘囉，賣茶很有說服力，要不要來我們這裡看看。她還真的苦惱了一整天。她嘴裡不停吐出下一則電訪故事，好像壞掉的販賣機，叮叮咚咚滾落一地。他們聽到上計程車，早就分不清哪個是哪個，她還絮絮說著，像是明天醒來就要被巫婆收走聲帶似的。

現在很好，狄克回家了，她睡著了，靜謐像一襲溫暖的絨被抱著房間，只有強尼醒著。這種獨醒時分，使他懷想起少年時半夜起來偷偷看色情錄影帶的感受，電視靜音，只有螢幕上的人體扭動交纏或分開，不時提防任何細微的聲響，內心始終有一小塊緊繃隱隱梗著。他沒被任何家人發現過，就長大離家了。

假設他們在搭一列長途火車，要費上十幾小時，在臥鋪包廂中，他醒著，看望另一人的意識遊蕩在其他世界。窗外濃淡不一的墨色劃過，點點燈火，偶有交會的火車平行一段，在各自的速度中遠離。強尼想，或許在一起也不錯。他們不用說太多話，熟識彼此的身體，有些生活上的習癖嘛，習慣就好。收入夠用，要是想養小孩就得多花些心力。有個斷不了的羈絆或許會讓他對人生積極一些。當他考慮起這些實質層面的條件時，一度懷疑自己為什麼要這樣想。五萬年前的人繁衍後代就只是生殖本能，下一代過得跟自己差不多，自己跟上一代也大致相同。活得下來就活，活不下去就死，清楚明白。何況那時候的壽命很少超過三十歲吧。可能也算不清自己幾歲，年紀是虛的，填飽肚子才是首要問題。然後是性交。史上第一個想到搞3P的人算不算將人類文明推進一大步的天才？——從那刻起，性就不只是生殖的愉悅，也含納抽象的愉悅。強尼琢磨著這些零碎的念頭，質疑自己怎麼以為3P就可以把對方簡化成一團提供歡愉的肉而已。看看身旁熟睡的人，他伸手撥了撥她額前的頭髮，有些油膩，想著他們先抵達身體的最深處，再一吋一吋由內而外認識對方，總要在終點站下車。有個意念猛然灼熱起來，他起身穿好衣服，離開想像中緩慢行進的車廂，進入窗外的世界。

強尼到附近的生鮮超市，拎著籃子，走入光明的賣場。除了兩個店員，只有他徘徊在貨架間，像是藉著商品的整齊排列重組秩序感。他買了牛排，一盒生菜沙拉，兩顆蘋果，一瓶綠茶。當他提著塑膠袋進電梯，想到這是第三次來，居然開始有點熟悉了。她側躺在床上的姿勢跟他離開前一樣，所有的東西都在原位，他輕手輕腳地拿出袋子裡的食物，一一擺到冰箱。距離天亮還有接近兩小時，他打開電視，看重播的中職球賽。強尼不想再對她那麼壞了，他想試試準備早餐給另一個人的感覺。

擠迫的尿意逼她從夢中醒來，惺忪搖晃坐上馬桶排完尿，想喝杯水解渴，被倒在沙發上的強尼驚嚇到。球賽播報員的聲音淺淺散落在窄小的客廳，比賽來到八局上，她蹲下抱著腿，看著他的臉。轉頭看看桌上吃光的洋芋片包裝、杯底殘餘的汁液，再把目光移回他臉上，集中在他的雙唇。他們認真接過吻嗎，那種很專注的沒有二心的吻？好像沒有。混濁的思緒沉澱下來，她想起昨晚，想起更早之前她接受的提議。在這個她第一次端詳他睡臉的此時，她才突然意識到自己是裸體，才察覺到粗礪的悲傷表面就是身上的肌膚。她站起來，給自己倒了杯水，咕嚕嚕喝掉，進浴室洗了一個長長的澡，刷牙，整裝完畢，躡手躡腳地離開自己家。

強尼醒過來的時候，外頭天光大亮，剛過八點，眼前一切跟他睡前差不多。他想應該可以在十五分鐘內弄好早餐叫她起床。

T 時間

陳雪

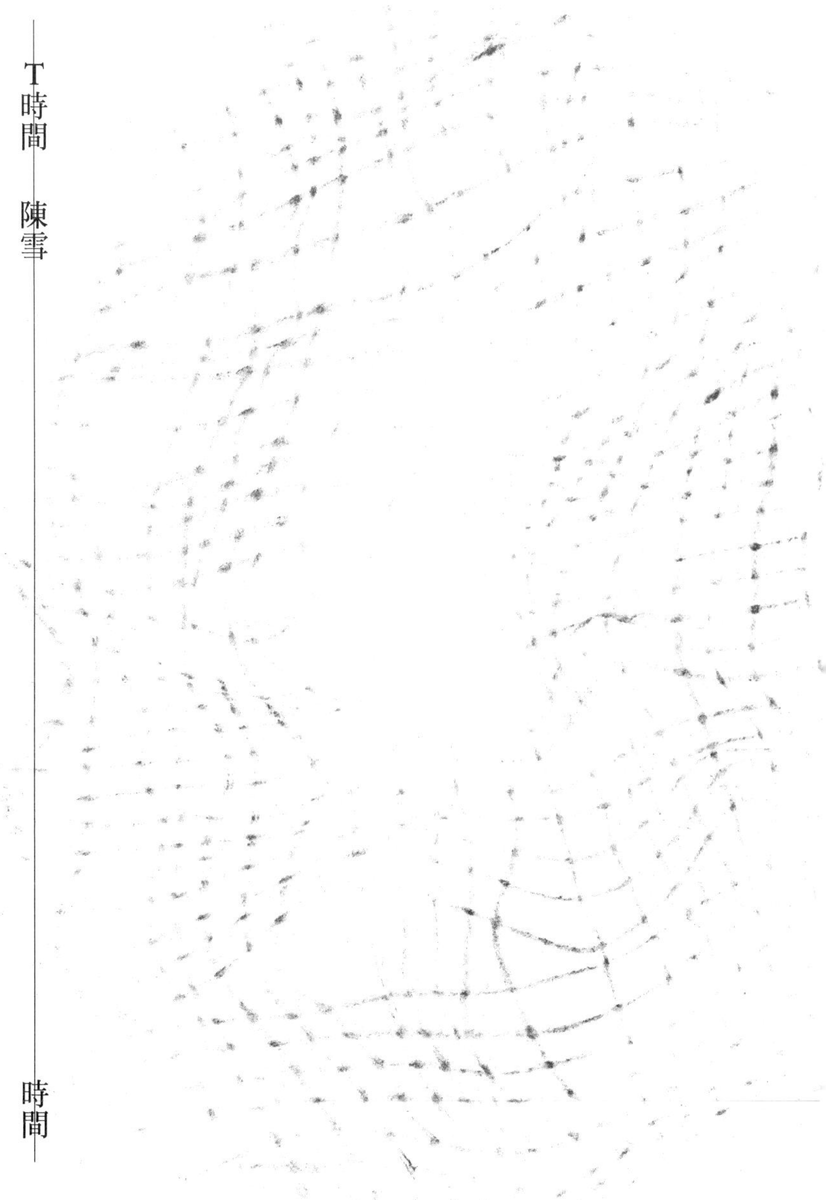

時間

L'abécédaire de la littérature
T comme Temps

每日我下班回家途中，會在我們大樓前面的小公園抽兩根菸，喝一瓶啤酒，明知道家人都等著我帶晚餐回去，或者即使吃飽了，他們也等待著我，但我會在公園裡走來走去，或許也就是十分鐘吧，但那十分鐘在我心中可以無限延長，直到手機鬧鈴響起（倘若不設鬧鈴的話，我會一直無止盡地踱步抽菸不知何時結束），那段時間裡我會思考一些事，比如為什麼我們會落到如今的處境，以及往後該怎麼辦之類的問題，但有時我什麼也不想，只是感受著時間本身的流動，以及意志力可以將自身感受到的時間如何扭曲、旋轉、延伸、拉長，但，即使我如此努力，彷彿也在感受中沿著被拉長的時間軸線從現實中偷偷伸出去了一隻腳，繼而好像可以跨步到什麼地方去似的，但最後鬧鈴聲總會響起，我會像被制約好般，突然從那個時間的遊戲裡醒過來，熄掉菸頭，把衣裙拉正，邁開步子往前方我住的公寓走去。

四樓之三，三房兩廳的屋子裡，住著我三十七歲的丈夫，以及剛滿五歲的孩子。

兩年前某日丈夫在醫院值班時突然昏迷，一度被宣告不治，經過搶救，安裝葉克膜，昏迷三天，度過危險期之後，醫生告知我丈夫因為腦部缺氧，大腦功能受到損傷，產生了部分記憶喪失以及短期記憶無法留存的問題，可能也還會有後續的其他認知問題，完全復原的機會渺茫。

當時我們忙著搶救丈夫，能將他從生死邊緣搶回，已經感到莫大欣慰，對於所謂的「記憶喪失以及短期記憶無法留存」到底是麼回事，並沒有特別在意，剛清醒時他有一度無法言語，對於自己的身體各項功能也似乎無法理解，但經過復健師的物理治療，慢慢地找回了吃飯、走路、以及說話的功能，但丈夫的聲音有些改變，聽起來像是其他人而不像他自己，更重要的是，他完全不認得我及我的孩子了，奇怪，他認得自己的父母、兄弟與兩位大學同窗，但對於跟我結婚這件事卻全然忘卻了。

出院後，我開始逐漸體會到「記憶喪失與無法留存」是如何大大地影響與改變了他，除了過去的往事（與我結婚前的過往，大約記得三成，已經形成的常識的記憶經過提醒部分能夠記起，有些則成為本能，毋須提醒也存在），但對於「現在進行式」，以及剛發生的事，在他腦中幾乎無法停留超過十分鐘，就是剛吃完飯就忘了吃飯這件事，你跟他說什麼，他好像聽懂，但不一會也忘了，而且他不認識我，我必須再三反覆跟他強調我是他妻子，當然，不多久，他又會再度問我：「妳是誰？這是哪裡？我在這裡做什麼？」

與醫院索償的官司漫長無望，為了生活我重回職場，到一家做健康資訊的雜誌工作，這個工作方便對於我搜尋對丈夫有幫助的資訊，我時常得跑藥廠、醫院、診所、採訪醫療院所的從業人員，上網搜索最新醫療健康訊息，只要發現有新的「記憶恢復」、「改善記憶」、「修補大腦或神經」的報導就會詳細閱讀，看遍中西醫、民俗治療、嘗試各種自然或神祕療法，我甚至找過一個留美的催眠師，請他為丈夫施行催眠治療，治療時丈夫喃喃說起許多怪異的夢境、不可思議的幻覺，言語功能幾乎比原來更好，丈夫倒下前是個網球迷，嗜讀科幻小說，自己也常動手寫文章，諷刺的是他的本業就是外科醫師，生病後他的知識雖然還有大學生的程度，但因為無法正確調度記憶，手腳協調功能也有障礙，正確來說，他已經無法再執業做醫師或任何需要技能的工作了，對此看不出他是否懊惱悲傷，有時他會對我說：「高中時我的志願是當作家。」然而這個說法時常在變，有時他會說：「我大學的時候想休學，去當偵探。」後來我發現這些似乎都是跟前一天看的日劇有關，雖然無法留住短期記憶，但這些記憶化為印象，融入了他的自我認知之中。

我發覺夜晚當我們有時身體碰觸時，他仍表現出男子的慾念，對我有索求，他的性愛動作卻笨拙如少年，完全是照著身體本能對我產生慾望，執行性交，我是誰並不重要，因為他不記得，對我也沒有男女之情，那時刻的他，赤裸如一隻獸，有時會發出動物般的聲音。

這一切對我都是陌生的。對他也是。

丈夫當然無法去上班了，即便偶而他仍背得出醫師國考時最艱難的問題，他的英文也還保留著大學的程度，自學的日文更是會在不自覺間脫口而出，但那些知識，對於維繫一個家庭、日常生活，做為丈夫、父親、醫師，完全派不上用場，他下意識或許知道自己在生活上必須依賴我，所以靠著某種努力，算是認可了我做為他妻子這個身分，但感情上則沒有任何改變，他不認識、知道、理解我，或者對我有任何類似於柔情的東西，但對孩子卻在一日日的相處裡慢慢生出了類似於照顧寵物的溫柔情感，丈夫依靠自製的卡片，張貼在家裡大大小小的各種提醒，有能力簡單生活，但那也僅限於到樓下的超市購物、微波食物、看電視、看書、上網、等孩子幼稚園放學、陪小孩玩耍，這些機械化的舉動，他知道我每天都會準備三餐，所以我盡量不加班，我們晚間的互動也僅限於一起看連續劇，我看著他跟孩子玩，他很徒勞地把他過去最喜歡的幾本書反覆讀了又讀。

他身體與記憶的時間都停留在當實習醫生的時光，所以他心中有個核心的人物是當時的女友，雖然他很努力不要提及，但因為記憶缺失的問題，他依然每天都會問我：蕙芳去哪了？

李蕙芳不是我，是當時他的女友，如今已經移民到加拿大，結婚生子並且擔任某醫院的眼科醫師。

這些事在我來說，不是最痛苦的，對我來說那些幾乎都等於我自己的報應而已，我默默地承受著，因為在丈夫長期加班、過勞工作的最後期間，我還是家庭主婦的時候，我與前任公司的同事發生外遇，到後來我幾乎都把孩子寄在娘家，丈夫值班的時間，與情人約會徹夜不歸，離婚的念頭不斷出現，我們甚至都計劃好私奔的可能，或者離婚後我不要小孩，他也能順利與妻子離婚，兩人躲到沒有人認識我們的地方重新開始。

但丈夫倒下了。他的行為能力幾乎等於小孩，我必須肩負起照顧他與孩子，以及家庭經濟的重擔。出事前，我與丈夫只是表面夫妻，然而他倒下後，在醫院奔波那段時間，當丈夫尚未清醒時，我對他的愛卻甦醒了，我理解到過去的婚外情只是因為太長期的孤獨、對於丈夫工作狂的報復或反擊，他一旦回到我身邊，我就能毅然拋下對於情人的諾言，全然投入於家庭之中，彷彿有一條軸線，將我的生活切開，過去與現在，我對愛情的認知沿軸線輻射而出，現在推翻了過去，我不貞或變心的事實突然變得不重要了，重要的是正在加護病房裡與生死搏鬥的丈夫，我必須守護著他。

等到丈夫出院後，所有事件又都被推翻，情況的演變使我措手不及，轉瞬之間我什麼都沒有了，我既已失去對情人的激情，丈夫對我也毫無感情，我像被拋棄在時間之外的殘餘物，不記得愛過，也就等於不愛，我卻無法毅然離去，因為在我這邊，愛已經被喚醒，但我所愛的對象已經不再是從前的他，我甚至不知道自己的愛因何而生，會不會只是因為我不甘心、心生愧疚或者一切都是錯覺。

愛是記憶造成的結果嗎？時間是記憶的土壤嗎？記憶最初，我們可說是一見鍾情，至少對我來說是如此，在大學裡舞會上認識，我們對彼此一無所知，他邀我跳舞，我被他帥氣的外表吸引，在慢舞樂聲中，我感覺自己愛上了他，即使燈光那麼黯淡，我可以憑著他傾扶我的腰的姿勢，感受到他情意的傳遞，至今我仍記得那時電光石火的觸感，然而，婚後那些感覺早就不在了，即使是我在激情中與前任同事在旅館裡的幽會亦然，頂多只是稍微解消我的寂寞而已。

當丈夫起死回生，當他從昏迷中甦醒，當他手指挪動，眼皮跳躍，睜開眼的瞬間，他那種帶著孩子氣的率真神情又重回到他臉上，任何事對他來說都是新鮮、美好的，起初我是這麼看待剛甦醒的丈夫，幾乎在一瞬間我又愛上他了，但下一分鐘我才知道他眼中所見的世界是全然顛倒錯亂、不知所以的，他是真的「無知」，臉上的微笑也只是下意識的直覺反應。

可是我愛他，即使他不認識我、不記得我，即使他在社會定義來說已經是被放逐的人，我不知我愛上的是什麼，或許是這種什麼都可能，也什麼都不可能的「無明」與無能為力，也許，我只是好強而已。

我想要他總有一天想起我，繼而恢復對我的愛。

隨著時日推移，所謂記憶缺失這問題，變得詭譎無比，我可以在丈夫每日努力的練習中感受到今日的他並非昨日之他，有些什麼，在日常生活裡、在身體的復健、知識的抓取，或與孩子、家人的互動中，他那個看似什麼也留不住的腦子，依然被某些痕跡覆蓋，可以感覺他似乎慢慢記起了些什麼，只是那些記憶太過零散，也沒有時間軸線，十歲、二十歲、到當實習醫師的時光胡亂錯置拼接，最後總還是停留在二十多歲，無法進入關於我以及家庭的部分。

生活能力恢復是最快的，他很快能夠自己洗衣、燒飯、到超市採買，在被其他人發現之前，有模有樣地演出一個「成年人」，但隨著這些行為過去之後，他又會突然像陷入時空的錯覺般，突然從某個時間點醒來，驚愕地望著周遭，大夢初醒似地：「蕙芳在哪？」

蕙芳似乎變成了他理解存在的發語詞。

蕙芳不在，等於他也不在。

我並非嫉妒，而是不知所措。

時間在我們身上開了個玩笑，猶如下了個咒語，只要我們能解開咒語，就可以回到從前。但是咒語什麼呢？破解的密碼要如何找到呢？

隨著這些破碎的思緒，以及真實生活裡每天都會發生的新狀況，我們繼續度過尋常家庭的一日又一日，然而，在我們這個三口之家，伴隨日常的核心是個空洞的陷阱，「或許明天醒來，他就什麼都想起來了」，我時常這麼想，我必須這麼想，否則我無法安全地活過這一天，正當我精疲力竭地窮於應付生活、工作、照顧「兩個」孩子，以及每隔幾分鐘重複地看著丈夫「更新」他的記憶，有時我會有放把火、或開瓦斯，把我們三個全弄死算了的感覺，但我似乎也得了記憶喪失症，這些毀滅性的感覺強烈出現，把我弄得心神搖晃，幾乎要動手施行，但隨後那股衝動又消失無蹤。

於是我每日來到這個公園，進行我自己的修補時光，我讓我自己放空一切，不再苦惱於他愛不愛我，為什麼唯獨不記得我，以及，我所愛的是什麼，我將來要怎麼辦？這一切使我苦惱、痛苦幾近發狂的念頭，我只是沿著公園踱步，度過我自己的十分鐘。

記得十分鐘，由無數個十分鐘累積而成的人生，以及忘記每一個十分鐘，所形成的人生，差別的，是時間帶給我的感受吧，時間，這讓我們度量一切的刻度，形成生命軸心的命題，猶如重力，使我們可以穩固地生存於世，繼而安全地日復一日生長，我的丈夫漂流在他自己的無重力宇宙裡，偶而有一些小型爆炸，能夠在他的腦子裡落下痕跡，比如孩子，比如他每日努力組裝的那個模型軍艦，我想起那艘船，他每日就像儀式一樣面對那艘細節無比繁複的迷你艦艇，他靠著那些已經按著說明書組建起來的部分提醒自己時光的痕跡，「你一定會忘了自己為什麼在這裡，眼前的東西是什麼，接下來要怎麼辦，但這就是你每天重複要做的事，只要按著說明書，繼續完成下去，不用問為什麼，這些都是你完成的。」他在桌面上用A4紙張列印出這些文字。然後就能夠不再驚呼，「這是哪裡？我在做什麼？」像訓練有素的狗，他安靜地面對每十分鐘發生一次的爆炸，他靠著一艘軍艦的組裝讓自己活在秩序裡。

正如我靠著公園裡的十分鐘，讓我能夠回家，能夠平靜地面對他眼中對我的陌生，並設法在十分鐘內，使他對我信任，與我互動，並且設法感受即使幾乎沒有，但也彷彿似乎存在的，千萬分之一秒的前進，他遺忘我，記起我，設法認同我，並且再度遺忘所有，但在那一切之外的，我感覺到時間在燒灼，彷彿最銳利的刀子，設法在他空洞、受損、故障的腦中，刻下一條關於我的痕跡，儘管那最後還是會被覆蓋，隨後消失無蹤，可是那燒灼、刻印，或許已經形成了某種任何力量也無法抹消的痕跡，在某種無明裡，甚或，只是在我自己心中。

我看見他從愕然中醒來，回看我的眼神，那些陌生、似乎有些遲疑、有些困惑、有些似曾相識、有些無以名狀，存在記憶與時間之外，難以說明的感受。

我就依靠著這個微細的一線，一點點暗示，一絲絲可能，千萬分之一的安慰，讓我有能力進入屋內，身為一個妻子與母親，繼續與記憶徒勞卻有意義的抗衡或協調，開始煮食，開口說話，讓屋內的家庭時光流動起來，他靠近我，可能是基於本能，他記得我，即便只有這當下，我可以度過，我願意堅持，甚至可以說，我接受這只有十分鐘所能發生的任何可能，這就是我的愛情，我所擁有的家庭，十分鐘等於沒有，也可以等於永遠。

# T 時間

胡淑雯

時間

*L'abécédaire de la littérature*
*T comme Temps*

附近發生了命案。是傍晚傳出的消息。整條街的廚房一個個熄滅了爐火，遣散了鍋碗瓢盆，一戶吆喝著另一戶，一人慫恿著另一人，壯膽，蓄勢，朝失血的落日移動。媽媽不准我去。她說，你是小孩子，小孩子不可以看。她要我留在家裡顧店。雜貨店總要有人看著。媽媽交待了幾件事：把剛到貨的長壽寶島，玉山拆開，一包一包歸入玻璃櫃排列整齊；啤酒一瓶一瓶擦掉灰塵，再填進冰箱；地掃一掃；注意花生油的桶子止漏了沒；雞蛋一斤漲了五毛不要弄錯；不准偷吃蜜餞；不准偷吃冰棒；但飯後可以喝一瓶養樂多。媽媽把事情交代完，就匆匆跑出門了。當大人渴望回頭當個孩子，一念之間就可以讓小孩變成大人，就算你只有十歲十一歲。

隔天放學，我翻開了人生第一份報紙。我對閱讀的興趣，大概就是從那件命案開始的。學會認字以後，我的身邊一本課外書也沒有，勉強算得上書本的，只有里長送的桌曆，附近山腳下奉天宮致贈的農民曆，以及沉重、巨大、卻頁頁輕脆透明、小字密集乖馴、絕不溢出邊線的政府出版品：黃頁電話簿。

漫畫倒是有幾本，《淘氣的阿丹》與《小亨利》，是跑船的舅舅送給我的。此外就沒有東西可讀了。此前，我對那些報紙沒有一點興趣，店裡的一切對我來說只是束縛，是種種「害我不能出去玩」的繁雜枯燥。那些報紙每日清晨被人靜靜推入鐵門底下，三大報，各五份，在我放學到家以後總還有剩，卻在我終於渴望它們的一天，一份也不留，於是我跑去梁伯伯家，向他借報紙。我知道他家是訂報的。翻開報紙，找到社會版，尋覓我家這邊的消息，那近在昨日的命案。雖然生字依舊不少，總還是可以讀懂，拼湊出大概的。這就是成人的世界啊。

社會版真是好看。那裡的人生千奇百怪，驚險崎嶇，歪七扭八，不三不四，盡是熱鬧的風險。對童年的我來說，社會版就是故事書，而故事不僅是發生過的事，還是「不在這裡的那些事」，「不是我的那種人」，給人一種非現實的現實感，屬於遠方與陌生人，有奇異的遭遇，詭譎的人心，有天災與人禍，時而有致命的危險。金錢，暴力，色情。偶然與巧合。罪與罰。報紙上寫的都是真的，真的好奇怪喔。我家這邊經由一樁命案，成為報紙上的遠方。這給了我一種就地旅遊的興奮，與幻異的錯身感。我一字一句讀完了每一則社會新聞，在那些字與字的陣列裡，遇見一個驚人的語彙：姦殺。在我們家附近「遇害」的女子，疑似遭到不名男子「姦殺」。

這兩個字太神祕了，我必須認識一下。接下來的我，在經過九十天也許一百天的地毯式閱讀之後，習知了以下這件事：假如你是一個女的，假如你落單，則發生在你身上最恐怖的事，就是姦殺。儘管十歲十一歲的我並不真的懂得，什麼叫作「姦」，什麼又是「殺」。我不懂性，自然也不懂死亡。

更小的時候，我曾目睹野狗在馬路上交合，牠們擋在路中央，一個疊著另一個，發出嗷嗷的叫聲，像是在受苦，又像在求救，我怕牠們被車撞，急忙找來一根長長的竹竿，出手要解開那媾合。這對小獸在我愚蠢的介入下嚎得更慘了，不但被搗壞了節奏，還嚇出了痙攣，疊在上方的那個掉下來，跌轉了一百八十度，與另一個屁股對著屁股，依舊緊緊接合無法分開，尖聲慘叫（那簡直被對折的性器官啊），在慘白的日光下掙扎至天黑，久久才得以鬆開。無知是充滿破壞力的，再怎麼純良的善意都可以做壞。幼小的我不懂性，活生生傷了一對動物的活。跌下來的那個有沒有因此殘廢，我無從得知，但牠倘若是個人類，恐怕半生陽痿。

同一段時間，我正養著一隻金魚，是從夜市「撈魚攤」贏得的獎品，一局十元可得一把紙糊的圓形扁勺，撈滿十隻可以帶一隻回家，或繼續再玩一輪，延長遊戲的快樂、成就，與獵捕的暴力。由後見之明看來，那遊戲活生生是一種虐待。紙糊的漁網在一潭死水裡死命穿梭，戳弄魚身，紙網破裂，消融，成為髒糊糊的汙染源，漁網空了，遊戲的孩子依舊不屈不撓不放棄，改以塑膠框夾切，貼著水槽邊緣，擠迫那最疲累、最病弱、最緩慢的將死之魚。垂死的魚是最好的貨幣，最有效的積分工具。我將贏得的小魚帶回家，孤伶伶囚養在玻璃罐裡，三天五天七天過去，別人的魚都死了，就我的這隻還活著。活得夠久了，就該替牠取個名字，施加命名的權力，讓牠成為我的寵物，鄰居的孩子來看這隻倖存的魚，研究著牠的色澤與紋路，其中一個警告我，說，「要說一條魚或一尾魚而不是一隻魚，否則魚會死，」還有，「魚是生活在海水裡的，在淡水裡很快就會夭折……」為了確保魚的壽命，我轉身就在罐裡下了一匙鹽，隔天一早興沖沖去道早安，心想牠應該更活潑更強壯了吧，卻見牠已然翻身浮於水面，死掉了。牠名叫查理。只當了一個晚上的查理。不，可能連一個晚上都沒撐滿，就在無名的惡水中暴斃了。兒童在認識世界，好奇插手的過程中，絲毫不必蓄意，就能做出殘酷的事，因為他不懂，因為我不懂。無知讓我親手害死了無辜的小魚，但我不以為這叫作殺。我對死亡不敬，怎會懂得什麼是殺呢？那魚屍飽滿潤澤的體表，與活體彷彿沒有差別，微小的身軀，細不可查的死訊，迷你的鰓，迷你的嘴，迷你的心，沒有眼瞼的雙目。那細微的死彷彿塵埃，無法為童騃的心靈注入足夠的恐懼與教訓。

這發生於童年「早年」的魚狗小事，我早就忘了。是「姦殺」兩字讓我憶起它們的。也許該反過來說：我在自身的經驗裡，翻尋動用了這兩件小事，讓它們幫助我認識這個可怕的詞彙：有一種專屬於女人的死法，叫作姦殺。姦殺最恐怖的是，它會讓妳上報紙，成為一具公開而嘈雜的屍體。死不瞑目，形同曝屍，妳的媽媽會哭得肝膽俱裂，妳的家人會備受屈辱。這太可怕了。一個人被殺了，還要吞下屈辱，骯髒，吞下所有的不名譽。再也沒有比這更虧本的事了。命沒了，然而時間不放過妳，翻檢妳的裸身，徹查妳身體的履歷，有時連妳的心都要被掏出來，供眾人觀看，推理。妳愛過誰，恨過誰，身體給過誰又拒絕過誰，嫉妒或被嫉妒過誰。

身為社會版的追嗜者，刑案消息的中毒者，我像一顆沖刷上岸的新鮮貝殼，在被危險與危險意識敲開的時刻，迎來了生命中第一個記憶。——那是一片動態的黑，速度的黑：黑色的天空，黑色的野草地，一輛黑色大轎車，兩個黑色的男人，一個負責駕駛，一個自後座打開車門，探出肩膀，伸手要將我擄進車內。男人身著黑色西裝，黑色皮鞋，我尖叫著掙脫了他們的掌握，奔回家，噩夢了兩三個月。那一年我可能四歲，也許三歲。媽媽帶我去「恩主宮」收驚好幾次，藉由神話的暗示與儀式的護持，一點一滴驅散那噩夢般的現實。

在習得「姦殺」這個詞彙之前，我並不記得這件事。是這個詞彙敲開了貝殼。如果時間可以寄存或提取，這片動態的、黑色的時間，就寄存在字詞的「物質性」當中，在字詞的線條，形狀，與聲音之中，等待我去指認，提領。然後，在書寫的此刻，重新將它寄存在這裡，在鍵盤敲打出的沉默之中。有時它會生出利息，繁殖出新的細節。比如說，那種黑衣人專門綁架小孩，賣給妓女戶或有錢人，前者專收女童，後者專收男嬰——財富是不許「斷後」的，有小孩才能繼承，財富還會指認性別，男孩更有利於繼承。黑衣人的目標是附近的「博愛院」與「育幼院」，他們捕撈寄宿於中途之家的「不良少女」，或失去家庭的幼童。我自己就是在博愛院附近貪玩到日落，才遇到那輛大黑車的。那動態的黑——那一度撞進我生命的，黑色的速度——在我的記憶中沉澱，凝結，成為暴力的象徵。那不只是男性暴力或性暴力那麼簡單，還糅雜了金錢的暴力，權勢的暴力，成為一種偽裝成宿命的劫掠，就像偽裝成天災的人禍。假如那個三或四歲的我不夠野蠻，那黑色的侵略就會徹底攫住我，成為我的命。

記憶中，那沉默如黑的男人，在捕捉我的過程中，沒有吐出一個字、一句話，沒有洩露任何祕密，任何表情，像一個沒有情緒的特務，對人的疼痛與呼喊——因著生命之脆弱而生的可貴情感——無動於衷。那是一種權力的黑，閃耀著刺目的光束，你必須很有辦法，才能讓這種黑色拿你沒有辦法。

在我社會版生涯的成熟期，一個名叫蘇玫玫的女同學，放學時遞了一份禮物給我。問她為什麼，她只伶俐一笑，聳聳肩，不打算回答，轉身卻拋下一句：是用妳的錢買的。這句話完全不合邏輯，她不可能偷偷摸走我什麼錢，我的身上根本沒有錢。然而這份禮物，卻因為這全無道理的一句話，沾染了天物般神祕與贓物般汙濁的氣息。我望著她奔離的背影，不知該怎麼拒絕，也不敢打開包裝紙，隨手將東西收進課桌下的抽屜，像掩藏一個不屬於我的祕密。我不想探知內情，深怕盒子裡的東西會咬我似的。

那時候，我五年級，對學校與老師的恐懼已然熟成，連帶地，也害怕自己的同學。除非必要，我是不會開口說話的，所以我沒有追著蘇玫玫，向她討個究竟。學校讓我感到非常孤獨。那種孤獨大約類似於，在寒流過境的冬日午間，飯後與午睡前珍貴的遊戲時間裡，在滿是同學的操場邊靜靜站立，無法加入任何一組遊戲，也無法適應聊天的規則，舌尖含在口腔裡，輕輕頂住上顎，像頂住一面霜冷的牆。我可以找誰說話呢？我可以跟誰說說我剛參加的那場葬禮呢？死去的，是我外公的老同學。如果有人問我，「喂，妳週末放假去了哪裡？」我想說的會是這個——關於我的外公，與他的綠島老同學。這位老同學姓張，出獄後才結的婚，年紀已經很大了，與妻子特別相愛。也因為沒有孩子，葬禮上沒有答禮的晚輩。他的太太有多愛他呢？她取了一匙他的骨灰，放進一枚由懷錶改裝的金屬盒裡，做成項鍊墜子，掛在身上。將時間與她的摯愛，貼在胸口。假如我可以說話，自由地跟同學聊天，我想說的是這個。那個妻子有一個很美的日本名，叫作靜子。

我記得那個十一歲的自己，站在操場的邊緣，隨風搖曳的樹蔭下，找不到人可以說話。在空曠冷硬的司令臺邊，找不到同類，也害怕自己被認出來。冷風灌入耳朵，穿入鼻腔，字詞在舌尖碎裂。我已經不太會說臺語了。葬禮上，老人們笑著說我已經是個，十足的異鄉人了。越過操場，向外望去，校門的柵欄外，電話亭裡有個人，握著話筒不停地在說話。那個人背對著操場，我看不見他的臉，然而他的背上洶洶湧動著不絕的情感，時而揮動著另一隻手。我遠遠望著他有多久，他就握著話筒講了多久，背向世人，背向城市的喧囂，將車流與噪音隔絕在外。許久後，那背對一切的身體突然高高聳起，落下，簌簌顫抖起來，有什麼東西剝落了似的，那個人握著話筒哭了起來。你可以通過那背脊的起伏得知，那是一種毫不保留的痛哭。過了幾分鐘，那人大概哭完了，放下話筒，離開了。那一刻，我只想逃離那座操場，穿出校園，趨上前去握住那個話筒。我心想，那個話筒一定很溫暖很溫暖，蓄滿了實在的體溫，如果要說話，不如跟那邊的人說說話。假如學校裡的時間跟話筒裡的時間走得一樣快，司令臺上那尊銅像應該早就拆除了吧。獨裁者的屍體還沒下葬，這意味著，他還沒有死亡。

倘若要我描述自己的孤獨，十一歲的孤獨，我想我能夠提取的，大概就是這一幕：那寒冷的冬日正午，話筒上陌生人的體溫。那陌生人在話筒上灌注的體溫，像一枚閃爍的訊號，讓我體認到，對我這樣的一個小學生來說，學校是異鄉。因為這樣的緣故，我任由那份禮物無聲無息躺在抽屜裡，不曾追問蘇同學，那筆錢，所謂「用『我』的錢買的禮物」，究竟是什麼意思。

那年的春天來得特別早，才三月初，桃花就開了，而且開得特別瘋，同學們下課時也玩得特別瘋。在一個瘋狂的禮拜五，蘇玫玫在午餐後的遊戲時間，拉著我的頭髮說，「妳都沒有發現嗎？」發現什麼？我以眼神詢問蘇玫玫。「妳沒有發現自己的頭髮少了一點點嗎？」蘇同學捏著我右肩的髮尾，俏皮地晃動著。我摸摸自己的髮尾，看不出所以然。我的頭髮又長又多，少那麼一點實在沒什麼。

但蘇玫玫終於受不了了，受不了我那近乎傲慢的不聞不問，她不想一個人抱著那個祕密，於是不請自來地，說出了真相——有一天中午，蘇玫玫在我睡著以後，偷偷剪掉了一截我的頭髮。這事在我聽來非常超現實。原來，我真的有睡著啊！一直以來，我以為自己只是在假寐而已。在這恍如異鄉的校園中，課室裡，我竟然還有睡著的時候，可見上學有多累。蘇玫玫告訴我，是一個男生教唆她的。「那個男生喜歡妳，想要保有妳的頭髮。」蘇玫玫說，那個人將我的頭髮封進一個項鍊墜子，戴起來。

「妳認識□□□嗎？就是他。」我搖搖頭。蘇玫玫說出的那個名字，我其實是聽過的，應該是隔壁班的同學。我望著蘇玫玫的臉，她水汪汪的大眼睛，不知該怎麼消化這個故事，也不知該怎麼回應才對，於是我說了，「喂，蘇玫玫，妳知道妳很漂亮嗎？」我終究開口說話了。只不過，我說話的原因是為了，將自己藏起來。那一刻，我對蘇玫玫感到害怕，害怕那手中藏著剪刀的女同學，害怕她嫉妒我，害怕她喜歡我，也害怕她把我當做知己。此外，我心裡想的還有：蘇同學，妳該不會喜歡那個男生吧？否則怎會從他口中套出他心底的事，還出手替他做了這種事？

隔天中午，週六的半天課程結束以後，我拜託媽媽帶我去剪頭髮。當理髮師的刀剪發出喀擦喀擦的聲響，我將自己的頭顱豎起來，感覺渾身的毛孔都在顫慄。我彷彿看見那截被偷偷剪去的毛髮，封印在一塊透明的石頭裡，沒有空氣，無法呼吸，死得不明不白，在青春期莫名其妙的，遊戲般稍縱即逝的激情過後，被丟進某個抽屜角落，再也不見天日。那截頭髮交到那男孩手上的一刻，或許還有生命，留有溼度，保有光澤，一段時間過後，長則幾個月，短則幾天，遺忘會像陽光一樣曝曬所有，將那個項鍊墜子打成一具透明的棺材，裡面封著一片小小的，黑色的乾屍。

那個男孩的名字，至今我依然記得。

小小年紀就這麼變態，實在令人敬佩。

至於那份禮物。蘇玫玫得手後，男孩給了他一筆錢，她挪出其中一部分，買了禮物送給我。直到學期末，我都沒有打開它，於是蘇玫玫再次忍不住了，開口問，「那盒巧克力妳到底吃了沒有？」原來是巧克力啊，都要放暑假了，應該已經融化了吧。

# T 時間

童偉格

時間

L'abécédaire de la littérature

T comme Temps

十一月底，很冷的週末凌晨，舅舅打電話到租屋處，告知她，她的母親自殺了，要她立刻趕回小鎮。租屋處在大學左近，專租女學生的公寓頂樓，長廊上的公用電話離她房門，有段不近的距離。不過，當電話在這樣時刻，在房外響起時，她立即意會，這必定是找她的。她甚至覺得自己之所以失眠，就是為了在此刻，坐等一則像這樣的緊急通知。

五月三十日天亮，聽見今年第一陣蟬鳴時，她就坐在桌前等候了。夏天比較早，四點半左右，鳥一叫她就拉開百葉窗。她看見窗外，那片由三面樓房，和一條大馬路所圍起的畸零地，漸漸被光線撫亮，來到她眼前。遠方，尚未成形的日頭，被雲朵流轉出液態金屬般的光線，晶晶亮亮，在窗右樓房的磁磚壁面上迸裂，折聚成光面，斜擺過來，刺痛她雙眼。那是一天中，這井底似的空間，會生動起來的唯一一段時光。其餘時候，它只是像被萬有引力定住一樣遲滯，連風都在其中浮懸，彷彿下不了決心，將往哪裡去。隨夏天過去，生動時光愈來愈短，愈來愈弱，終於瞬間隱入透光即籠罩的濃重陰霾中。

登上沿海岸線架高的快速道路，走到盡頭，就回到了臨海的四鄉墓地。抬頭，望見許多人事碑塚，雜雜亂亂，冒生在帶刺帶棘的荒草叢中。那條快速道路，始終沒有越過小鎮，連通他方，只將突兀斷面，和裸露鋼筋構成的繁複線條，高掛在河道出海口上方。從那高處四望，看見海，看見河，看見一岸的小鎮，和另岸的墓地。看見環海遠山外，一根根發電風車露出葉翅，無聲空轉。她看見一具幽靈，或一個活人身影，撐著長柄勺，半身涉水，在及腰漂過的死畜活魚中，不知在打撈什麼。

以那為中線，活人世界那岸煙火營生，在快速道路邊，一片公有地上，某些節慶般的夜，流動攤販聚集，形成集市。白日之中，行行且遊獵的他們正準備離開，前往下一處濱海聚落。星海在本鎮寂滅。他們摘下半空牽掛的燈泡陣，拆卸發電機，充氣水池，娃娃車軌，只遺落滿地垃圾。海被快速道路遮蔽了，道路下，通往海灘的涵洞，從她身後，向這一時形成的谷地，灌注一種波瀾逆海時，所低伏激盪的，特別的腐爛氣息。她被那如洄流的暗湧推動，轉入小鎮街區，看見灰燼，垃圾與一切，皆在飛行與跌落。

夏天，她穿戴父親喜見的連身洋裝，涼鞋，和碩大草帽。母親總為她，將草帽緊緊繫好，以免被風吹跑。行走時，草帽遮障她的視線，這給她一種安全感，她也早就習慣了，從帽沿間隙探望來路。她就這麼一身過於整潔地，來到玩伴面前。

在集市裡，她低頭弓身，在雜沓的遊人步伐間，在泛著黏膩油水的地面上鑽竄，追找一顆跳動的彈珠。在撈金魚的攤位前，她終於撿起彈珠。水光漾漾，鮮紅彩衣在水底漂動。她蹲下，彷彿是從更深水底打撈起它，看它在滿天牽掛的燈泡陣中，定定折分白灼的光。她發出衷心的笑。她將它珍捧在手心，站起，那就好像星海都在空氣裡下墜又下墜了，就好像自己，是從一個塌陷宇宙中冒出頭來，突然置身在一無重力，亦無需費力生活的空深幽暗裡。

父親十分厭惡她的笑聲。「愚蠢」，或「粗俗」，父親常用那些，她日後讀到，與驟然明瞭意義後，腦殼嗡嗡一陣緊縮的辭彙。她捧著彈珠起身，已經就找不到他們了。找不到父親，大概是什麼又突然惹他生氣了，使他別過頭去，兀自走遠了。找不到母親，但猜想不必找，她應該就在離父親不遠不近的地方，低頭跟隨他。眼望四方，全是陌生人，都彷彿透著銀亮潔白，卻毫無溫度的光。

離河，轉入小鎮街區，走過最熱鬧的主街，向東南，揚揚長長穿行，在地面開始升高，四周開始放空時，就看見父親建立的家。一幢由方正高牆圍起的透天純白洋房。高牆內，有園圃，石磚車道，甚至還有私人焚化爐。夏天向晚，父親在焚化爐前，仔細檢查自家垃圾，像檢查一天作息，分類好，一點一點耐心餵火。煙塵從洋房簷瓦上旋，有時在曠亂風裡盤覆整個家。從那一側炙熱，繞洋房走到另側，看見煙塵散入牆外，添補將成的夜色。

出家門，由同一條路更向東南，在小鎮最邊緣，幾乎挨近山腳處，就看見父親的零件廠。吃完早飯，往工廠，返家吃午飯，往工廠，返家吃晚飯。一趟車程十五分鐘，四趟合計，就成了尋常日子裡，父親既不是在家，亦不是在工廠的唯一一小時。這段路程，經過七零八落的耕地，突然高起的廢土亂石堆，或突然低陷的養殖池。父親就這麼獨自開車，反覆穿越地貌時時變動的荒原，可見餘生裡，除了家人和員工，誰也不會遇見。

在一片掛滿熟爛荔枝，蒼蠅舞出風形的田野上，零件廠和職工宿舍初初拔地建成，年輕時的父親，應聘前來領班。在一群初出家門，正實習成為工人的外鄉女孩中，父親挑中母親。像在虛空中畫魔法陣的煉金術師，父親雙手抓著母親，把她從一群無面目中扯離出來。他扭斷她的核心，將她置在暴風中拆解，再親手寬容地為她重新賦形，把她黏合成一具專門用來容受的空甕。他彈彈她的額頭，咚，咚，跟她說，妳沒問題了。

然後母親就愛上他了。在母親那被重設好的空心肉身裡，鼓鼓迴盪對他的愛，將要，且也只能始終不渝。否則母親自己，也就不復存在了。女兒她，在這世上最專純而溫柔的空甕裡酣眠，沉游，孵育成人形。她出生，像一個零件，在工廠最僻靜深處的圍牆邊，那幢海沙揉成的管理階層宿舍，日久天長陪伴母親，聽母親發自內心的回音。

鎮日開燈的海沙屋裡，天花板輕輕落下粉塵，四壁緩緩滲漏，這裡那裡，終於露出鏽蝕的鋼筋。蟾蜍，蛞蝓或蝸牛，像是直接由壁腳鏽水化出，灰灰褐褐向四面八方爬。她讓母親牽著手，陪母親在二樓房裡，面窗坐著。那一角紗窗直貼山壁，什麼風景也沒有。她和母親面壁，看微風一層層，一次次，撥動斜拐的樹椏。直到那壁將暗去，野蛾或白蟻撲撞紗窗時，母親才好像醒來那樣放開她的手，登登走動，準備迎接父親歸來。

父親在忙，在廠裡廠外驅逐股東。父親舉債，買下零件廠，和妻女與棲蟲所在的海沙屋。父親帶她們上車，往小鎮方向開，沉沉默默停在這幢新起洋房的圍牆外，要她們下車瞧。站在圍牆外，母親與將上小學的她，各自抬著頭，原地轉了一圈，視線從馬路，四面八方彷彿無盡的荒原，回到這幢孤立的洋房。她真希望自己和母親，沒有表現得太過呆然，太過無動於衷的樣子，以至於可能，挫傷了其實極脆弱的父親。那是他們存在過七年的家，她總也小心翼翼，待客一般對待它。

表姊和營養午餐，同時轉到她的教室裡。母親娘家所在的外鄉小村，位於快速道路始終無法越過墓地去連通的北方。在那老三合院落，她的外公只剩一口氣，躺倒，不能掌事，與站著把尿了。舅媽隱忍多年，終於將外公集尿以施肥的木桶，拖到屋外，劈了個稀爛。她扛刀，立在庭埕，看著遠山，預見將來掃墓的勞苦。從那天起，她餐餐親奉湯藥，來到外公面前，誠摯求他，死後，讓她用火化來處理，比較乾淨。舅媽贏了，來得及在外公終於不能闔眼前，讓他親口答應了。

外公被火化了，骨灰罈寄在小村削山而闢，快占半村那麼廣的福座群裡。舅媽賣將陸沉之地，賣已頹圮之屋，打包粗物細軟和舅舅，和一直夢見自己燃燒起來了的外婆，舉家南遷，來到小鎮主街上落戶。兩層樓的長形住所，樓上家居，樓下，舅媽開了家童裝店。三兩年後，舅媽假裝自己，依舊開了家童裝店。走過店面，掀開布簾，進入長屋後段，會看見一組茶桌，和一張辦公桌。

舅媽就在那裡，成為小鎮六合彩組頭。

母親從辦公桌旁的窄梯爬上二樓，看見長廊一端通神明間，一端通後陽臺。在那之間，一條龍擺開的幾間房裡，外婆就住在神明間的隔壁。外婆端坐在床板上，法相莊嚴，兩手顫巍巍捲擠一條消炎軟膏吃。能拿到的外傷藥，外婆基本上都吃，讓它們一層層黏在筋骨肝肺上，以抵禦將臨的烈焰。

心智急速倒退的最後年頭，外婆傾全部意志，一再重申遺言，她要土葬，她要土葬，她要全身躺平被埋好。我都給妳安排好啦，舅媽對外婆說，妳燒了以後，裝一裝住阿爸旁，倆人團圓，多好咧。外婆說，好妳去住，他已經沒有了，我這副身軀嘛，我要自己帶去彼邊用。妳這妳是要用啥啦。我這身軀，要去那邊吃好穿好，身軀還有很多的好咧，唉，妳吃到妳的歲也還是未曉半項。舅媽生氣了。

父親開車載母親，走下荒原，來到舅媽家。父親提議，接外婆過去住。舅媽真被冒犯了，把來人都轟出去，踩門檻，當小鎮主街指母親罵，說嫁出門的女兒，後頭厝的事沒在插手的。舅舅趁亂又跑了。父親別過頭，不跟話，不知思量著什麼。父親再一趟趟獨自往舅媽家開會，直到獲准上樓，再去見外婆。父親拿出一張紙，說葬地給妳留妥了，大家也都同意了，這是證明，我念給妳聽。父親把合同，當外婆面念一遍，跟外婆說，妳安心收好了。父親輕輕將紙交給外婆。外婆喜孜孜，將紙折起又攤平，喜孜孜，攤平又折起。直到終於將紙折成火柴盒大小，外婆將衣下擺一掀，把紙一投，紙就不見了，好像溶進外婆肚裡了。大功告成似的，外婆笑笑躺平。外婆就以這神情，被送到四鄉墓地裡獨葬。

父親生意垮了，工廠償還不了舉債，連薪水都快發不出了。父親在做最後調停。從來沒有債主挨近母親與她所在的，荒原的高牆。她們就在一片肅靜中，不知道兩三年來，在這一日四趟的往返中，父親已開始，很緩很慢資遣員工，逐步關閉工廠。直到她國一暑假，某個傍晚，父親還當她面，燒掉了關於工廠存在過的，最後一點證明文件。第二天早上，父親吃過早飯後，如常開車出去，從此，就沒再回來了。到了父親該回來吃午飯那時，舅媽開車來了，說此屋將要法拍。舅媽來接母親和她，挪去小鎮主街那邊，住進從前，外婆房間裡。她知道母親弄不明白這一切。她不知道自己將要明白的是什麼。四周無聲，她抱著旅行袋，坐在助手席，腦殼嗡嗡響。

在小鎮主街，她聆聽，體察毫末。她有這方面的遺傳，和童年教養。舅媽總像豔陽躁跳，讓人臉上熱辣辣，像被當眾揭短似的，唯其對她，有著奇特的和氣。不，應該說，唯其對專心讀書，且能拿好成績的自己，有著平和的優待。當舅媽登上長廊，透過內窗，發現她的檯燈亮著時，聲音就小了，腳步就輕了。於是，她幾乎是把臉貼在書上，一聲不響，度過了暑假，開學，寒假，再開學，又一個暑假。在這又一個暑假裡，表姊翹家，和她們的國文老師跑了。

老師開車帶表姊到處玩，到了暑假將盡，又載表姊回小鎮外，放她下車，要她自己走回家。在放下表姊後，老師差不多就沒再停車了，他沿著前方一直開，一路開進了海裡去。表姊聽老師的話，乖乖走回家，被舅媽揪著，劈了個半死。表姊聽說老師被找著了，也在那二樓居所裡，到處找地方跳。從後陽臺跳防火巷。奔過神明間，直直墜下主街。從窄梯一次次滾到舅媽的辦公桌前。舅媽將她一次次救起，拼接回來，給她包尿布，將她綁在房裡床上。表姊就偏過頭去，一次次以頭撞牆。那聲響，驚動了隔牆另一具空甕。母親從外婆床上坐起，惶惶然舉目四望。她離開書案，走向母親，輕摸她的頭，另手反伸出，用指節敲牆。咚，咚，咚咚，咚咚。隔壁連續撞幾聲，她就回敲幾聲。那像是一種應答，她看著母親笑。母親也覺有趣，也呵呵笑了。她別過頭去。

表姊和她住同一層樓，隔壁房間。表姊和她上同一堂國文課，坐隔壁座位。目光，動作，語調，所有那些細如毫末的訊息往返，對她而言，實在太巨大響亮，無所不在了。她像是看見，在那些留校晚自習時間，老師的車先從校後門開出，繞到墓地邊緣，熄燈等待。表姊就這麼一個人，歪扭步伐，在螢光燐火中探路，跟上老師的車。四鄉碑塚，雜雜錯錯倒在那裡，包括她的外婆。

她臉緊貼著考卷，考上外地高中。她考上了更遠的大學，從此只在放長假時回小鎮。她在午後重抵小鎮，在醫院一排臨時病床間，找到了母親。母親坐臥著，神情極輕鬆，告訴她，舅媽前腳剛走，今天開號碼。她就近看母親左手的繃帶與夾板，問母親，不說是吃藥自殺的嗎，為什麼手斷了。母親說，舅舅背我下樓送急診，在梯上跌了一跤，把我手壓斷了，不會痛，醒來才知道斷了。舅舅倒沒說，他自己沒事吧。沒事，不知道又跑去哪了。喔，那以後還吃藥不吃藥。昨天都吃光了。

她頓了頓，取面紙為母親擦臉。她靜靜看著母親身上的衣服。母親特意穿上最喜歡的一件洋裝，如今，左袖整個被剪開了。她去打電話給舅媽，說她到醫院了。傍晚，她扶著母親，去醫院門口搭計程車，回舅媽家去。

考完大學那個暑假，某天，天剛亮，舅舅閃進店面來，前前後後，樓上樓下走一遭，發現整家確實只有她醒著，就要她跟他去撿骨。撿外婆的骨。她其實不知道自己是代表了親族裡的誰，但看來舅舅只是害怕，想多個人陪而已。

她跟上舅舅，與一位陌生老人，走向四鄉墓地。老人微駝背，身量瘦小，戴斗笠，兩肩下各夾一口沉重袋子，走路姿勢像鼓斂起雙翼，在池沼裡低頭獵食的田鷺。舅舅右肩扛鋤頭，左手提一口布袋，裡面裝了各式鐵具。

掘完土，老人起開棺木蓋，讚賞一聲，像是與喜孜孜的外婆重逢。一切都昭然了，她默默遠觀，看外婆被一一取起，確認，擦拭，在帆布上擺散開來，漫長等待懸浮塵粒陰乾她。從草叢裡冒出一個頭戴工安頭盔，滿手蚊泡的人，是阿龜。阿龜走近，打量她。妳是我小學還是國中同學，阿龜問她。都是，她答。喔，阿龜就再走近，蹲在外婆面前，伸手散菸給老人和舅舅。

阿龜阿龜你近來在龜啥，舅舅接過菸，問。等人開工叫工人啊，阿龜指著快速道路說。你等開工，你等兵單較快啦，老人說。阿龜不理會。像發現了什麼，阿龜指外婆，說為什麼她頭殼裂了。老人說，每個人的頭殼上都有縫，若不信，摸自己的。阿龜於是脫下頭盔，兩手認真在自己頭上捉摸起來了。嘿，真的有喔，阿龜說。對嘛，老人說，傻到不知道自己頭殼有縫。他們全都笑了。

夜裡，在外婆從前的房間，她安頓母親睡下，看著母親從枕頭底拿出一封信，親親密密壓在左手夾板下，心臟上。那大概是她的遺書，上面寫著她最想說的話。那些話和她一起，彷彿沉睡進她死後的第一個美夢裡。她知道那個夢裡有什麼。

她抹抹臉，下樓，舅媽剛講完電話。是表姊打來的電話。表姊現在讀到高三了，準備考大學，功課很難。舅媽問她寒假回來時，能否教表姊。當然好啊，她說，如果我還記得的話，其實我考完就忘得差不多了。是喔，考完就忘了啊，舅媽坐在辦公桌後，張嘴，仰頭看著她，像看見什麼珍貴事物流失了，好可惜的樣子。她靜候舅媽起身去忙。這時，聽見店外傳來拍打鐵捲門的聲音。大概是舅舅回來了。大概是又喝醉了，又像個痛失一切的孩子，哭著，由兩位警察弟兄陪著送回來了。

T 時間

駱以軍

時間

*~~L'abécédaire de la littérature~~*
*~~T comme Temps~~*

那個房子比他記憶中小許多，小到像是他少年時曾用一只火柴盒，養了一隻金龜子，養了很長的時光，應該有一年，或兩年？他總是將那只火柴盒隨身放在長褲的口袋，沒有意識到，他在人類尺寸的世界移動時，走路、騎腳踏車穿梭在路面斷破處，碎石咯楞的迷宮巷道，或是搭慢車進臺北，其實有個小空間貼附在他身體，而那小空間裡，有另一個生命在安靜繼續著。重點是那近乎囚室的「小」。如今關於生活的一切擺件都已清除，剩下一種小框格內部四壁照眼的白漾的白，要怎麼跟現在那些以一張平面圖，圖上切割著三房兩廳，或兩房一廳，或最小套房十坪但還是可畫出另一格衛浴的人們，說明他曾住在這樣的空間裡：啊真的就像那科幻片中，在無垠太空漂流的太空人，他們生活其中的其實是一個一個互相銜接的小艙，這些小艙在這架火箭某部位受損時，可以像切香腸那樣，封閉某一小艙和他們所在區域的連接，互相分離。也就是樂高積木的概念。而他們這個「村」裡，所有的房子，其內部，其實就是一個一個對於直立人類相較於「火柴盒之於金龜子」沒有大多少的「房間」，方格子，再上下左右串接著其他各小一些的「房間」。他們生活其中，會將之布置成「客廳」；銜接著極小一個空間有水泥砌貼方塊白瓷磚瓦斯檯流理檯洗菜槽的廚房；另一接觸面突出的框格是，啊小到像公共電話亭那麼小，沒有窗但挑高通氣到屋中央天井的「廁所」（只有一座馬桶，連洗手檯的空間都沒有）；這框格的內角，有一木梯可上二樓，但仍是方塊拼接的概念，所以沒有樓梯間，比較像潛水艇內部的舷梯；二樓仍是這樣隨意即興接上的是另一個「房間」，另一角則是一個洞，可上「陽臺」，其實就是醜陋至極的屋頂，但可眺看這整片鄰近的人家。所有的屋子，幾乎都裸露出來「內部」，所謂生活的隱私，但因為盛裝這些隱私的每家都是這樣的拼裝「房間」疊砌，所以內部沒啥讓人窺祕的想像縱深。通常你在二樓的某一個「房間」，那窗子貼得如此近，就伸手可觸隔壁他們另一個二樓「長出來」的房間，也許是個念高中的女孩，所以各戶之間，和「家」為單位的緊密銜接，反不如或許在各自朝上疊的小方框房間，它們在另一次元那麼挨近、親近。

他將走近那屋子，而屋子裡哀傷等待他的那幾個人，他們在非常久非常久以前，便意識到他已死去，而他「回來這屋子」的路徑，並不是無聲無息的鬼魂，溼淋淋地推門進來，而是他將重啟次元，證明這屋子，屋裡挨坐促擠的這些親愛的人，只是在他的一個膠囊狀的夢境中，他只是在那模型般的小屋裡的故事（或夢境）死去。但是，包覆著這個燈盞般微視小宇宙之外的，那個巨大的他，仍好好活在將夢境裡的一生，摺成一夜妄境的漫長「活著的時光」。也就是俄羅斯娃娃、或千層糕那樣的一圈一圈向外擴延的漣漪。但是這個「在夢境之外的他」，也終將在被向外跳一格的、屬於這個世界的那組合箱般的屋子中，以另一種情節死去，像是橡皮管破漏外洩的瓦斯，實驗室滲流出的病毒，於是他會再次像蟬拋棄蛻殼一樣，再次將這個真實降格成一個模型意義的夢境，他又一次翻筋斗成夢境外的那個作夢者。這樣的連續括弧式的，將死亡，或我已不在其中的世界，貶謫成夢境的朝外逃脫，成為一種「波赫士式的」，祕密的內在降維之花瓣，一層包膜包覆著一層被宣判是幻境的銀箔、或冥紙摺成、或投影機打出光牆的無數草履蟲（其中）一隻吞食著一隻草履蟲的延伸。在他暫時活著的這一層世界，身邊的人們並不知道，他的內在，裝著一個那夢境中他自己已死去，已不存在的荒境，而夢境中的那具屍體，原本內在又關禁著一個他更早已死的夢境膠囊，如此延伸。所以他是一個內在藏著無數具「自己的俄羅斯娃娃屍體」的，不能承受內在死亡之重的「外面宇宙的翻牆者」。

每一次的朝外翻牆，都是一次逃死求生啊。

有幾個關鍵字：葛樂禮颱風。婦聯新村。福利中心。毀滅。遷走。那些都在很早很早以前消失了。浮洲。平埔聚落。漳州人。鐵道。大批的流亡外省人。大水淹漫。墊高的地基。像小螞蟻繼續壘土在這廢墟之上，沒有確定身分地搭建這些房子。自生自滅但真實地「生活」其中：有殺雞的、有賣果菜的、有檳榔攤、有非常小的雜貨店、有獨居老兵、有南部上來進不了城在工廠當苦工的、有華僑中學的老師、有藝專的學生……，然後半世紀又過去了，這些房子也頹圮崩壞了，不，是像這片櫛次鱗比、迷宮地圖、陽光曝曬下滿嘴亂牙，被參差拔掉了好些牙，剩下的爛牙，原本居住其中的人們遷走了、消失了，剩下廢棄片場般曾經在其中生活的幻影。那些小小的空屋就像小小的窟窿，爛木頭門、牆磚崩塌，藤蔓爬滿屋基、蚊蚋漫天、或小院有一小水池布滿落葉、腐爛花瓣、浮萍、水中奇蹟的數十隻黑灰色的大肚魚靈俏、神經質地游動著。有占滿整室、穿破窗玻璃的垂鬚榕樹，有屋邊將光影剪碎的臺灣欒樹，當然也有不理會這些慢速崩頹的水泥建物，將這一區視為物種生存競爭，迎風灑出樹籽，所以在圍牆內外、古怪的屋子中庭、二樓畸零陽臺，或水泥地面已風化粉塵狀的屋頂，都大大小小冒長的樟樹，較低矮處的陰溼形成的姑婆芋、曼陀羅、黃金葛、鳳尾蕨、木賊，甚至一些小灌木。當然還有母貓、貓崽、被咬斷脖子的鴿子、老鼠、麻雀、白頭翁。

什麼是「生活本身」？

那一排「九單宿舍」裡的陳老師，當年班上有緬甸來的，打過叢林游擊戰、殺過人的阿龍，頭頸粗如鱷龜，在教室扯下制服後腹肌纍纍有一個子彈打穿後癒合的圓洞深褐瘤疤。有韓國來的山東佬。有會武術的香港仔，且踢得一腳好足球，他們謔稱他是「李小龍」。這些全是狠角色。班上自成一個近乎古代奴隸社會的階級食物鏈。他站臺上給他們上中國近代史，兩個也是虎背熊腰的，半蹲半站幫那阿龍按摩腿。據說掛中校階的主任教官，課餘還向阿龍請教野戰戰術的實戰推演。

不過這些「華僑」並沒有進到這個歧路迷宮陣，反而是半世紀前也才二十多歲，師大畢業的單身老師。紗窗門外停放著一臺伍聯牌腳踏車，較完整的方格內，一張單人木板床、一張鐵皮書桌、鋼筆、墨水瓶、批改作文的紅簽字筆、利百代原子筆、信紙、L型小型鐵書架沿壁立著十本書吧，《案牘大全》、《汪洋中的一條船》、《老人與海》、《聊齋誌異》、《戰爭與和平》、《約翰·克里斯朵夫》、《雅舍小品》、《蓉子自選集》、《苦悶的象徵》。但更多的時光流動其實是他收在書桌右邊最下格抽屜櫃的剪報簿。一個達新牌防水布拉鍊衣櫥。一只大行李箱放在一張椅子上充當副衣櫥。沒有，他沒有玩相機，也沒有電唱機，聽黑膠唱片〈藍色多瑙河〉或〈給愛麗絲〉那些，也沒有電熨斗，更別提電視機了。有的，有一臺鐵殼大同電扇，有一個大同電鍋、一個藤編小几、鋼杯、牙刷、癟牙膏、肥皂、洗衣肥皂、破爛乾如菜瓜布的手巾。皮鞋、鞋刷、鞋油，表示他非常愛惜保養那雙皮鞋。床腳堆著一疊《皇冠》雜誌、幾本《讀者文摘》，想像力無法重建更多物件、細節。而重點也非這些雜物，而是那如煙消逝，不，被用抽引器抽空的時光，他曾經浮晃在這個小框格裡的感性、梅雨般溼潮的苦悶青春，有沒有渴慕的女性？學校裡那些教務主任、總務主任、訓育組長，他分不清那些江浙人、四川人、東北人，或如他這樣臺籍人，他們之間遮藏於日常乏味空洞話語後面的人事鬥爭。美麗的音樂老師和他同齡，穿著白襯衫但細微處譬如蝴蝶領、公主袖這些小變化、灰呢色或藏青色合宜的長裙，好像是少數讓他可以在人群中對看一眼，同樣年輕無措地畏怯偷笑。但之後又從那些層層耳語聽說是教務主任的祕密情婦。那時不時興說「情人」，而是說「情婦」。

二十九巷四弄的阿動，他父母當初是雲林海口上臺北來打工，也弄不清是哪個環節失敗了，被騙了，總之就住進這個蜘蛛巢寨，聽說最早是整批外省人眷村，但棄留下一片廢墟毀屋，全部遷走了。後來的人在廢墟上另蓋起拼裝屋，他就曾在那積木般串接的小框格裡，天花板有一片撬開，藏著一把報紙，層層包裹的小武士，一本水漬霉爛的*Play Boy*，三、四本「雷不怕」著作的黃色小本，都是他那些兄弟給他的。其中有個叫阿猴的，絕頂聰明，母親是北港黑道世家大小姐，他們幾個曾去過中和他家，那母親和三個阿姨打麻將，直接打菸給她兒子的這些朋友，一塞一疊百元鈔票給阿猴。他在自己那摺疊太空艙般的家裡，從沒見過那麼多的大鈔，那麼隨意不當回事散扔在桌上。阿猴還念建中夜間部，是他們這幾個「雲林幫」迌迌仔書讀最好的。但一次陪他建中學長去咖啡屋和學長女友的老爸談判，大約那老爸說了些恫嚇、難聽的話，那學長竟抄起桌上牛排刀，往女友老爸心臟狂戳十六刀。阿猴彼時站咖啡屋外抽菸佇等，看著侍者圍裙、臉上全噴灑著血，推門衝出：「裡頭殺人了。」這事後來登上報紙頭條，「北市知名律師被女兒建中男友刺殺」，阿猴被少年隊帶去關了幾天，也被退學。有陣子離家跑來躲他這迷宮裡的陋屋閣樓，他那人生挫敗組的爸媽也不以為怪，但他的小框格實在太小了，阿猴那些天和他是挨擠著躺著，抽菸，有一句沒一句扯屁。聽似近又遠，環顧四處隔壁的姊姊和男友交媾，已經努力壓低嗓門的淫歡之聲。「幹恁娘咧！」他記得他竟貼觸到阿猴的勃起，反身搥了阿猴一拳。阿猴也笑著說：「幹！」但誰叫這空間上下四方這麼狹小啦。

十八年後吧，他聽說阿猴一直很不如意，退伍後他媽託關仔介紹去一家土地銀行當工友，也是做沒幾天就沒辦法。後來染毒，這就沒辦法了。好像是一次和賣毒給他的人爭執，殺了對方後來判死刑，被槍斃了。

另一個「雲林幫」的阿釗，二十四巷的，老爸是公車司機，他們三個曾經被阿釗的朋友，相招捲入那次中國海專和開南的「血戰中華路」，根本不干他們的事，但阿釗是開平的，當年中國海專太囂張，喊出「腳踢東（方）西（湖）南（開南）北（泰北）」，西門町一帶小巷處處有落單的海專被一群開南的圍毆，或相反。那次雙方各自動員上千人，七、八所高職生從臺北市各區群搭不同路公車朝中華路集結。當時中華商場的女廁裡，藏滿預先運去的小武士、車鏈、尺八、鐵棍。據說警總、少年隊、萬華分局、憲兵全部聽到風聲在那一帶區域巡邏。他們三個在昆明街附近，堵到一個落單的海專的，但幹，三個圍打一個，或許他、阿猴、阿釗，彼時身體還是少年瘦小軀，那海專的感覺已是個粗壯的大人，最後是他們全被打得眼青臉腫，狂流鼻血，那海專的把他們一個一個過肩摔在地上哀，揚長而去。

「幹！」阿猴說。

「幹！」阿釗說。

後來阿釗也死了，也是退伍後，去工地當小工頭，某次從五、六樓高的鷹架摔下，腦袋摔成蚵仔煎。

母親打電話來，那端哭著說：「太殘忍了，我想阿墨（她養的一隻老狗）幾天都沒回來了，就到巷子喊牠。結果隔壁陳先生告訴我，昨天好像有隻狗會咬人，他們自衛用棒球棒把牠打死了。還告訴我埋在七十一巷那廢棄空屋的院子裡……」他似乎還有一半的自己在睡夢中，看了看枕頭邊的手錶：三點！現在是大半夜！母親卻打電話來說這怪事！「後來我拿鏟子去挖，挖出一半，露出死狗的頸，就是我們的阿墨！」母親又嚎啕大哭。他厭煩地說：「妳等等，我就過來。」起身在那烤箱般的半空小框格裡，披衣，穿上運動褲。

趕到七十一巷那廢棄空屋，因為牆早些年就塌了，這些居民就把些不要的廢棄物往這小院裡扔棄。黑暗中，母親跪在一個挖開的土坑邊，抱著一截已是骨骸的狗頸，像戀人啜泣愛撫，誦念著經文。撫去那狗頸上黏滿的黑土，他拿起手電筒對那狗頸照，沒有腐臭味，照見上頭的細細草根鬚，還有流水粼粼的黑影，他知道那是竄爬的螞蟻。

阿茲海默症。他腦海中閃過這個名詞。

「媽，這個狗頸，應該已經埋了幾年了吧？不可能是阿墨啦。」

母親撫著那從地裡挖出的黑影，哭著說：「就是我的阿墨！阿墨吔，牠什麼時候會咬人了？他們怎麼會不認識阿墨。」

更扯的是，這時在他們身後，跑出一條靈動的狗影子，嗚嗚歡欣地低嗚著，那不是阿墨還有誰？他把那條出去玩瘋的黑狗翻倒在地，搔抓牠的肚子，任牠舔自己的手。

「阿墨好好在這裡，活得好好的，那根本不是我們的狗，妳快把牠埋回去。」

母親的臉像犯錯孩子，又想硬拗又被自己出的大錯擊垮，瞬間數種微細隱密但終沒成形的表情快閃變化，仍抱著那白褐頭骨，仔細端詳：「這明明是我的阿墨，這不是阿墨嗎？」

他想：這如果是心理懸疑劇，那埋的犬隻頭骨，是否是去年，陳先生家突然找不到的，那隻他們也養了六、七年的花狗MOMO吧？母親撫摸那狗頭的深情模樣讓他不寒而慄。

或是，同樣在那樣上下四方挨擠、連結的方格子裡，「生活」其中的某個青春少女呢？民國六十年代，那樣壓抑、苦悶、規訓的小島，世界還沒有網路這種東西，但這個少女在悶熱的仲夏夜，縮躺在她和兩個妹妹共擠的小框格裡，其實已有了早於未來四十年的網路空間感，從窗子爬出去的僅站一人的屋簷旁窗臺，空間顛倒錯位如珊瑚礁生態緊密連結，十幾個不同的家庭單位（全是窮人家），這樣沒有隱私的，有各種腔腸甬道可以玩無止境躲迷藏的，生活和生活黏附在一起。

事實上，半世紀後她回想：這個社區，應當是科幻片裡，最理想的未來人類太空移民計畫，搭建在一顆約就一個小學操場大小的小行星上，完美的建物設計。節省耗材（即使在未來的太空移民計畫，他們這些被發配到這樣一顆漂流飛行之小行星上的居民，應該也是最貧窮的社會階層），他們必須以這麼充滿空間創意的拼貼結構，挨擠在一起，讓體溫、空氣、攝食、資訊分享、存在意識，湊近到最近距離。別看這一片疊床架屋、礦石、木板、鉛板、波浪板、玻璃、電線，全亂拼湊如百衲被的破爛印象，那可是可以抵抗宇宙無垠的黑和寒冷啊。

但若恰好她是個過了青春期，出落得標緻的美人兒，她必然離開這個讓她羞恥的貧民窟，往城市遷移。因為缺乏文化資本，她的社會階層往上爬可能半輩子（而且是她擁有性資本那麼短暫的十來年）就爬了一小格。那使她後來對自己為生存灰了臉孔、身形模糊的小販父母，充滿寬諒。而她這半生混亂、劇情如同被個沒才氣、白天送貨夜晚兼差趕稿的編劇亂寫的，那加起來十來段紊錯的男女關係，當人家小三、劈腿、被劈腿、小旅館一夜情、被報關行老闆在狹窄茶水間壓倒褪下裙子、替不同的男人生下三個孩子、那些孩子也不知後來跑去哪裡？那好像在最初始的設定，就如同她少女時光住在其中的，這屋寨，這些網路亂連接的孤寂小房間，燠熱、鬧烘烘、背景聲層次繁複，各家發生什麼動靜，所有人都共享聽得一清二楚，但其實他們是在一顆無垠宇宙中漂流的孤獨小行星上。

她可以同情理解所有男人的內心，理解所有男人的老婆的內心，理解所有被戴綠帽子、戴人綠帽子、所有小三賤人的內心，因為她從小的那一團「珊瑚礁生態園區」，設定了她的內在，就是四通八達理解各種人難堪、憤懣、無可奈何，那麼小小的，無法再往更裡面藏的「裡面」。

那時，她還無法離開那個和其他許多小房間錯落挨擠的其中一個小房間的時光，她應該躺在她的地鋪、薄被裹著蜷縮的身體，讀著瓊瑤的《碧雲天》：那也是兩女共事一夫的混亂愛情故事，也是發生在一片廢墟的荒圮庭院，當然那是超出她想像力的有庭院的大房子，他們可以把愛情顛三倒四，說得如此拗口、迴旋、翻滾、瘋狂、痛苦，那真是讓她瞠目結舌。她又不知道的，那樣的讀本，就是民國六十年代、七十年代所有女孩的集體性幻想。沒有比那《煙雨濛濛》、《庭院深深》的世界裡，發生的故事，更激爽、更痛苦、更淫蕩，但又更禁慾的ＳＭ色情天堂了。她妹妹或許在用小收音機聽鳳飛飛的歌，翻不知哪弄來的《電視週刊》，但同樣的是，那些她們無法將之想像投射在自己置身其中的這珊瑚礁窄屋群、窮村破寨，她們一定將那些五光十色、旖旎夢幻的「色情及其被壓抑與窺視」，幻想投擲到遠方：異國，或大城市，她們唇乾舌燥缺乏想像力的上流社會，其實這些臺版《咆哮山莊》的魔魅所在，正是故事的女主角，一定是像她們這樣出身貧寒人家的，然後再遇上個富家少爺，一番雲霄飛車、狂風暴雨後，麻雀變鳳凰。

故事必須是這樣。

他們的故事，注定斷裂、缺胳膊少腿、很難有較長的延伸，因為故事的主角不是他們，而是這些房子。他們的故事，很難抽絲紡紗編織成張愛玲那樣，男女說話、話中有話，表情撲朔迷離、頹敗大家族各房老人如同紗窗櫥櫃裡發霉的年糕，說著影影綽綽家族譜系顯赫者時，而羞辱你貶低你的話；也長不出《紅樓夢》那樣在如夢繁華中預知大廈將頹的恐怖與哀愁。因為這些房子裡寄居的人們，生命史艱難貧困到，像一掀鍋蓋，焦糊皮餡全爛在一起的煎鍋貼。填塞進每棟房子，它們那拼裝組合的小小框格裡的人們，都如此廉價，然後記不得是幾十年前，用支長鐵叉一粒粒淘走，甩扔出去，剩下這些緊緊偎靠在一起的空屋，一起忠貞地慢慢牆壁長癌、粉塵剝落、屋頂崩塌，持續在時間的蝕沙中一點點、一點點地垮塌、殘缺。

二十年前，他追著蔡拍紀錄片，但感覺蔡一直把他當猴子耍，攝影機遮住拍攝者的臉，那個重力讓拍攝者像是前方突出一長鼻子，拱拱拱在森林腐植土找尋黑松露的豬。而蔡恣意亂跑，穿梭巷弄迷宮，唬他說帶他去同志嗑藥並雜交之祕境，其實帶他在一破敗老社區亂繞。多次放他鴿子，最常是精疲力竭跟著蔡在西門町電影街那滿地嘔吐物、揑扁的啤酒罐、像大屠殺後人類手指的菸蒂陣、裹著報紙躺在騎樓角落的街友，跟著蔡走進暗巷小旅社，蔡一進房，將門摔上：「Good Bye !」讓他想摔攝影機、大罵髒話。

但那是二十年前的事了。那部紀錄片，得了日本國際紀錄片影展一個大獎。這部片被譽為神片，臺灣紀錄片史上不可不看的作品。但這個蔡實在太妖了，那可是臺大外文系的天才卻跌落頹廢的炭火星子啊。拍攝到後期，蔡才告訴他，自己有愛滋。這部紀錄片非常奇幻地爆閃出紀錄片作者和被攝者之間的「愛恨情仇」（這是拙於知識分子語彙的他所能說出的四字呆言），一種權力、暴力、剝削、引誘、欺騙的繁錯揉絞線團。

得獎回國後，他接到蔡的母親（後來是律師）持續的電話騷擾，要他交出拷貝帶，否則告到底。實因蔡的父親是嘉義鄉下的地方名醫，母親是農會主管，當年他們那個鄉，出了個蔡這子弟，考上臺大外文系，那可是放鞭炮、擺流水席，家族的驕傲。誰想到六、七年間，這孩子在臺北把自己搞得人不人、鬼不鬼。所以這部紀錄片一直沒公開放映。他和蔡也就此疏遠，失去聯絡。

好快啊。二十年過去了。他退伍後，也接了許多電視臺的案子，都是打零工，他跟著另一位紀錄片前輩，出入各種社運、拍攝社會邊緣人、拍歌仔戲劇團，也拍蝴蝶、拍九二一地震受災戶，也接汽車廣告糊口，但好像再沒能拍出一部那樣激烈、顫慄、人類痛苦生存如火燄狂舞的紀錄片了。有一天，一位電視臺主管告訴他，希望他再去拍「二十年後的蔡」：據說這二十年，讓蔡徹底跌落社會最底層。蔡的父母先後離世，蔡退回那偏僻的鄉下租屋，一幢透天厝，變成一個真正的酒鬼。親戚和當地人都視之為怪物、這個家族奇異的詛咒，常見髒汙發臭、削瘦如老人形貌的蔡，任意醉臥在鄉間人家牆邊、豬寮、路邊公車站。

那是一個陽光燦爛的印象：不論他拉著另一位攝影師前輩（蔡很尊敬這前輩，所以他拉著他陪同，也不無壯膽之意），開著廂型車在高速公路那飽溢的光裡行駛；或是說，二十年後他終於用這足夠長的時光，捋順或沖稀了蔡留在他「拍攝紀錄片」這件事的陰鬱和糾葛，他的鏡頭將再次對準那個如今（他想像）變成老狗，或許更刁鑽古怪、更不可測、更拒絕這正常運行之世界，或許神智不清、常斷片，那樣一個「零餘者」。他們的車轉下交流道，轉入鄉間，田野還是一片銀輝，但其實他們按地址找到蔡的那間透天厝時，天色已跨過黃昏狼狗的時光，那個灰濛濛的曖昧影綽。他們推門而入，即使他腦中已預演過無數次，但已喝了半瓶高粱，戴著墨鏡的蔡，那變成像梵谷畫中〈食薯者〉炭筆下枯槁礦工肩胛或下頷的身體將散架的形象，還是讓他深深震撼。

整個屋內就像個垃圾場，各種拾荒老人自成意義拾揀堆放的廢紙、紙箱、雜誌、空酒瓶，一開始蔡又不太理他，只跟那攝影師前輩哈啦；但大約半小時過去後，他覺得二十年前，蔡像蛇玩弄著小倉鼠「玩他」的那種狀況又重現了。時間彷彿沒有移動過，蔡仍是耍著一些英文單字，或莎士比亞劇中的經典臺詞斷句，嘲弄他，或是Fuck生命本身，像是不屑他竟又動念來拍這如今已徹底人間失格的自己；但又像是孤寂等候了二十年，就等他的鏡頭推開這老屋之門，蔡立刻又可以妖幻如唯一男主角，在屬於他和他的電影中，如癡如醉地上演。總之，那是個漫漫長夜，這個過程，是不諳攝影機的（相片）攝影師前輩，亂拿著機器記錄，他和蔡邊拿著酒瓶，你啐一句我接一句地鬥嘴。後來蔡已經不行了，整瓶高粱都喝光了，身子已經歪倒在椅子扶手。他和前輩攝影師，把蔡抬進臥室（其實也是垃圾堆，只是有一張大床），放平、蓋被。心緒翻湧地離開。

他當時想：他媽的不拍了，這個人沒救了。像漩渦激流裡伸出手抓溺水者足踝的水鬼。蔡從骨頭最裡面，骨髓熬成的濃湯，都是對生命本身的憎惡，已經像條破抹布了，還在演，還在欺騙（雖然他也說不出蔡在欺騙什麼），還在羞辱別人。但第二天，攝影師前輩（他們睡到中午才起床）勸他，還是在白天再跑一趟，好好跟蔡談談看。昨夜根本是在一種酒精迷魅的狀態啊。

他們把廂型車再一次開到蔡那幢父亡母逝的老屋前，推門進去，就著燦亮的天光，他拿機器補拍屋子角落各種書報雜物、酒瓶、甚至有當年那部片在日本影展得獎的報紙剪報。但攝影師前輩在蔡的臥室喊他：「你快來看，好像不對勁！」

他們怎麼拍、搖，床板上那燦亮光照下如耶穌受難圖的枯槁人體，都弄不醒。摸他鼻息。將他抬起，整個手臂跟著冷硬地連著拉起。這人已死了。

不過，後續整理的時光——他在一個月後，強打精神，回去那「蔡死去的展示之屋」，試著採訪周邊的鄰居，所有人都搖頭、三緘其口。也輾轉聯繫上蔡就讀小學、國中、高中的師長，以及蔡在臺南，已八十多歲的親姑姑，事實上，蔡生命最後那「人間失格」的蜉蝣二十年，就是這位唯一的親人，每個月給這其實已毀滅成酒渣的孤兒四千元，且因怕他拿到錢就買酒花光，老人家還要控制住一個禮拜匯一千塊給他。當然老太太是不勝唏噓，拿出蔡小時候和家族親戚合照的照片、考上臺大時和他父母在校園椰林大道合照的相片，明明是個清秀、文氣的孩子，怎麼會變成一隻在人世流浪的鬼——他一直有一種說不清的憤怒還是迷惘的情感，他覺得蔡是沉著、微弱地撐著活著，變成溼泥地上流動的影子，這樣等待十幾年，就是在等他，等他推門進去找他的那一晚，布置了這樣一個戲劇性的死亡演出。再微弱不過，再自然不過，像風拂過沒有人留意。但蔡知道只有他，他這個人，紀錄片的攝影機觀看者，像下符咒，曝光閃電被死死記下，這個浮花浪蕊嗎？風中微塵嗎？悲哀到不能再悲哀的那一抹輕蔑，或如惡魔的微笑。蔡設計好了，讓他演那齣爛戲，最後的收屍者。

有一個蔡流浪時光的斷片，在他們分道揚鑣(不到三十歲)後，到終於父母雙亡，退回老家鄉下透天厝，這之間有十年的時光，蔡是在哪裡漂流？他那段時光的生命史，他看見什麼(就像這隻靈長類當時的大腦和眼球，已被酒精損壞)？這時一個朋友傳給他一些訊息：在浮洲(那是哪？)一個叫大觀社區的荒廢屋群，有非常複雜紊亂的歷史，總之那片土地半世紀前是退輔會的，當年許多屋舍是蓋給華僑中學的教職員當宿舍，但像一個沙洲窪地的水鳥遷徙、來去，六十年的時光變遷，大部分第一代的住戶早就遷走了，或是死亡了，第二代也陸續搬走，於是這一帶大片的空置小屋，在無人知曉的存在裡，一間間成為雜樹叢生的廢墟，有些第二代將之轉賣給不相關的人(但都沒有土地權狀)，於是又有後來住進來的人，以及衍生出的第三代，沒有人清楚這片廢屋迷宮最初的歸屬、最早的權利擁有者，甚至有人將數間廢屋稍加整修，低價租給不同人家，當起包租公，更有一些流浪漢、闖空門住進某一棟頹圮空屋。前兩年退輔會突然要強制徵收這片土地，可能還牽涉都市計畫，總之整片的爛屋頹牆和竄長的樹林，全要推倒清空吧。於是殘餘的這些住戶發起抗爭，隔鄰這所藝術大學，也在其中幾棟空屋廢墟，找不同藝術家來弄裝置藝術展。其中一位藝術家，在一幢空屋一樓窄小的一個房間，找到某位曾經闖空門住進來的流浪漢，留下的髒汙衣褲、酒瓶、泡麵碗、報紙……極簡陋的「曾生活於此」的證物遺跡，可能躲在這廢墟裡，魯賓遜那樣生活了一段時光，他們翻找那口袋，找到一些日幣零錢、筆記本、發票、皺癟剩兩根的香菸、賴打，又找到證件，此人為「蔡××」，他們據此做了一個偽推理偵探的「尋人啟事」，找到其中一份資料提到的某某，上了這某某（一個四十多歲的大叔）的臉書，約了在西門町一家咖啡館碰面，但感覺這某某說話的方式跳躍而缺乏邏輯、話間插不上話，一種唬爛的增殖，他們有一種感覺：一、某某確實認識這位失蹤的遊民，但其實也不知他人現在何處，會答應和他們碰面，純粹是孤獨寂寞。二、某某就是那位遊民，但他是個人格分裂者，他以為那位遊民是另一個他認識的人（其實並不存在）。三、某某殺了那個遊民，所以當他們較逼近問那這個人現在在哪？在幹什麼？某某都目光閃爍。

然而他們究竟不是專業偵探，這個偽推理最後以將那些遺留之物和推理線索圖貼在那間空屋的牆上，並找了位小劇場演員演那位遊民，做為這一件展覽作品的結案。

但他的朋友恰好被找去看了那批「將廢墟之屋改為文創」的藝術家裝置展，這個朋友是少數看過他二十年前拍的那支紀錄片，並且知道後來他又去拍二十年後「其後」的觀眾。將相關的關於他們對曾在這間廢棄空屋，躲風擋雨，不，躲避時間那凶險如刀陣的凌遲，那位後來不知所蹤的，相關遺跡照片、證件、字條……皆拍照給他。

「是蔡吧？」朋友寫道。

是的。是蔡。就是他。

原來那些年，他躲進這片廢墟之屋的迷宮陣裡。

這像是一種邀請，他感覺到這二十年來，蔡一直在邀請他，進入那個既空洞卻又布滿傷害小物件、既狹仄卻又無垠，明明推門進去如此破爛廢頹，但那些斷垣與留有樓梯遺骸的結構，卻展示著一個盤垣、迴旋，無盡迷宮，從一個小空間，在隙光不知從哪個洞垂瀉下來的通道，你又通往另一個小空間。或是你站在一個從前應是一扇格子窗的牆洞前，像一個幻燈投影機，可以看見較近處隔鄰棟但同樣像乳酪蛀洞的廢屋，於是，視覺再穿過那以自身的破洞為代價之景框，搭配著各角落不預期冒出的綠樹、某一截斷立牆上布滿的虎耳草，一種奇妙的框中之框，彷彿可以複視穿透那一片寧靜的、人類曾在此生存、最美好理想的一片遺跡。

重點是居住在裡頭的人一定要不在場。

於是我們或又想起那顆漂流在無垠太空中的小行星，事實上可能我們此刻舉目所及的這些小房間纍堆、串連的蟲巢牡蠣殼般的低矮岩石屋群，這些木窗框的玻璃、披垂的樹葉、細微觀看時呈羽穗狀階序上升，且有波狀鱗片的苔蘚、那些碎石礫、牆上褪色的斑駁紅漾，這一切暈眩感，正是因為它們早就被移在這顆小行星上。那是獨一無二，原本想留給「未來的人」觀察的（能力所及，沒辦法做得更好了）生態學樣本。很遺憾畢竟小行星的供需系統太貧薄，當初被放養在這片「歧路屋陣」裡的人們，努力繁衍到第二代、第三代，終於還是抵不住那漫漫無盡頭的漂流，全都死滅了。於是剩下這片廢墟，但所謂考古遺跡，是想像、等待未來會有一個文明，有足夠龐大的子民數量，他們截獲了這顆小行星，於是它上頭的這片廢宇頹垣、迷宮遺跡才有所謂「被考」的珍貴性。如果真相是，其實這片宇宙，朝四面八方無盡地漂流，其實根本沒有任何其他的文明，什麼都沒有，曾經的地球及地球上的人類，是唯一的孤例。那蔡設計、邀請他觀看的這一切，其實只存在於時間之外、存在之外，「被看到了」其實和永遠無人知曉沒有差別的徒妄。從外太空觀測這顆飛行中的小行星表面，你會有一種錯覺，那一片皺褶凹凸、纏繞線條，怎麼很像人類大腦的剖面圖？你會想：是否這一切都是那顆有自己的大腦的小行星，想像出來的？作夢夢出來的？

他還收藏著二十年前，蔡寫在一張筆記本撕下的小紙上的一首詩，也許不是詩，只是那個古怪陰鬱的傢伙，想惘嚇一下當年那個提議拍「紀錄片」的笨蛋，隨手寫的裝神弄鬼的一段文字：

「有沒有空氣做成的草呢？

有沒有眼淚做成的魚，
後悔的滂沱大雨，
被遺忘的人們所搭來的公車，
被不愛了的女孩所搭建的遊樂園。
那隻小羊，那隻貓，那片乾旱的田地，那個等公車想去遊樂園的小姑娘，
他們並不知道他們快樂擁抱的，
是別人的排泄物。
有沒有病毒、核汙染、重金屬、針頭、廢棄溶劑、農藥、濃痰、有毒的精液、怨恨、惡意、歧視、羞辱、說謊、詐騙、剝奪……
做成的母乳，母親的乳房，
蓋成的童話小屋？
如果有，
我一定要住進去，

我一定要住進去！」

T 時間

顏忠賢

時間

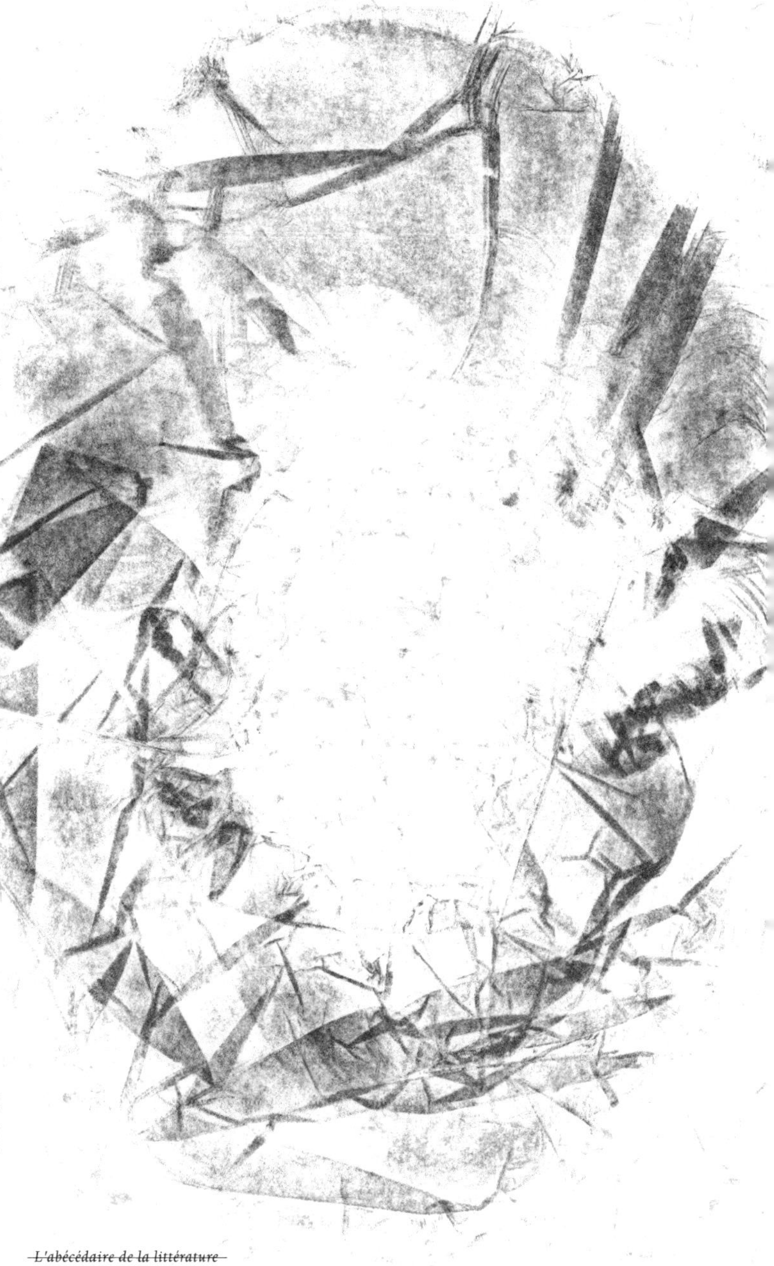

~~*L'abécédaire de la littérature*~~

~~*T comme Temps*~~

忽遠忽近時有時無的那悄悄話般的低音……淺淺的但是又深深的，像是遠方某種人聲鼎沸喧嘩卻只滲入房間窗縫變得迂迴離奇的窸窸窣窣……低音糾心的狀態裡，時間好像同時過度放大又過度縮小地停滯而完全壞掉了……那低音對她或許更是一種恐慌的暗示，關於這人間完全沒有辦法補救地壞掉了但是只有她一個人可以知道……的必然不安。更仔細聆聽，並不是家裡的親人在另一個房間或另一層樓說話，雖然家人沒人聽過只有自己老是無法理解地永遠糾心地聽見。但是，她卻始終都聽得很清楚……

那是在小時候的她住頂樓加蓋的破舊老公寓，常常在時間太長的自己一個人的死寂中發呆太久之後，就老會聽到有人說話的悄悄然的低音，那種感覺的恐慌那麼模糊曖昧，然而太逼近的侵犯感對於活在壞掉的時間一如壞掉的人間的她來說始終是太過艱難……

她老想跟法會的那個法師說，那時候的那種狀態持續了太久，念小學仍然聽得到，她也不敢說，怕嚇到別人，但是，那種感覺太令她害怕。後來常常陷入失眠的她入夜就要用盡心力來逼自己入睡，有一陣子是故意全神貫注地聽時鐘的滴答滴答聲來分心，每晚很難熬時老騙自己要想成只在心裡某種小玩意兒的好玩，想法子進入一種遊戲或切換成一種遊戲模式的自欺……壞掉的人間不免只是一種對壞掉的時間種種她內心太過神經兮兮的過意不去……一如老跟她媽媽在她床頭放的小株仙人掌或機器貓燈或人形公仔娃娃髮夾種種鬼東西說話說很久，每天都要選擇他們其中一個怪角色低聲細語來說入睡前悄悄話……

在失眠的時候，她花更大的力氣去把空想的心事打碎來練習切換自己胡思亂想，彷彿分別裝入腦袋的黑袋子或裝入更大的黑垃圾袋，這種更怪異的放腦袋入袋的入睡狀態她練習了一年，練習到後來她還可以近乎一躺馬上入睡到好像可以依賴這種遊戲模式的切換自欺來分心，或許是內心啟動緊急狀態的更奇怪關機設定或是崩潰前小型危險器物掩埋處理模式，用以阻止更大災難的擴張或蔓延。

後來的分心更為怪異，因為更意外地發生家裡遭小偷侵入闖空門，陰霾籠罩一如一種更抽象更沒有內心準備搬家失控的混亂。其實後來就更像是震災般地可怕混亂的被翻過家現場使小時候的她印象太深，那天過年是去阿姨家玩到太晚，一家人回家才發現被闖空門地出事……客廳老玻璃櫃裡昂貴點的老收藏字畫古董連父母房間梳妝檯羅列的華麗品牌手錶首飾都被翻過地搜刮一空，甚至連小兒房床頭枕頭底藏了好多的壓歲錢都被拿走，最後發現竟然只有冰箱裡放假可樂罐裡的銅板還在……就像種嘲諷意味地崩潰前掩埋的小小分心。

後來她每晚回家就會很緊張，因為在巷口就會先看家裡有沒有亮，到了一樓大門口就會先看斑駁舊樓梯間，到了四樓自己家門口就會看老門扇上的鑄鐵舊鎖有沒有被打開過。甚至因為有些太老舊木板地面的被曬到發出奇怪的剝剝聲，仔細聽還以為就好像有人走過。有時候只有一個人看家的她仍然真的就去廚房拿菜刀走上前還手一直發抖地去看發出怪聲音的角落。甚至回家前走那每天上樓的尋常樓梯好近好近卻要走好久好久的那一路上，她始終忐忑不安到老聽到自己心跳聲音彷彿是震央震盪不停歇的餘震，因為她完全不知道會在樓上看到什麼。

更後來發現沒事有時害怕餘緒仍然揮之不去地還自己低聲啜泣……但是，也或許因為那回遭小偷的餘震餘緒，分神到以前聽到窸窸窣窣的不明人聲的害怕好像就不再那麼害怕，甚至，又過了一陣子鬧空門陰霾的更後來……那多年來小時候始終糾心的人聲低音竟然就完全聽不到了。

但是她完全聽不到人聲低音地長大後卻又更焦慮不安地陷入另一種害怕……因為更後來就常常轉變成被鬼壓床式的夢魘裡的什麼……層層疊疊地老壓著她。

老被壓著而醒不過來的她多年來到底如何面對另一種害怕，人間始終是壞掉的狀態……或許一如壞掉的每一剎那都含納了冗長時間由瞬間所串連的種種不解及其不安……在夢魘中，激烈含納無限制的未來與過去的愈壓愈壞掉的被擠摺入的瞬間……老被鬼壓床的她就永遠陷入沒完沒了的害怕……愈來愈激烈地沒完沒了鬼壓床的時間也愈來愈失控，一如永遠無法理解也無法離開那一層一層的夢魘……她每天都不自知的腦袋燒了還亂七八糟說出種種夢話的愈來愈壞掉……

或許害怕的她想離開，那就應該要再找到另一個被什麼別的意外發生闖空門的可能……太過離奇地更後來她竟然就迷上聽那法師的法會……在那焚香禮佛的誦經音樂的迷離煙霧瀰漫的神祕現場，令她竟然可以安心一點地凝神懾心或許打坐甚至打盹也好……都好不容易地讓她始終無法釋懷混亂的腦海可以淨空到靜謐點地入定平靜，彷彿在那法會加持中以法師的極高修行來神祕地闖入的她腦袋中的另一種空門，時間用某一種抱持著仍然糾心的另一種虛幻而氾濫的困惑來修理壞掉的她的人間，也同時修理她自己早已壞掉的水龍頭般滴水滴不完的夜晚必然艱難浸泡的恐慌……

但她還是無法理解為什麼每次那麼虔誠地去法會聽法師講經……即使當場內心炫光影響般而法喜充滿地寧靜入定，卻當晚就更發生地會被鬼壓床到魂飛魄散。

甚至有一回大法會完的那天晚上，心情太過激烈的她想像自己跟那法師說，太過恐慌的她為什麼那麼可憐……

有史以來最慘的一次，她近乎哭泣地感覺……最深地一連被壓垮了太多層，太可怕的那個近乎瘋狂的失控狀態……她的夢竟然有六層，她醒了五次才真的完全醒來，但最恐怖的是每一層夢竟然都長得一樣，就是在她的被闖空門的小時候房間裡，躺在床上的那個視線中模糊的童年她喜歡找來說話的小株仙人掌、機器貓燈、人形公仔娃娃髮夾種種怪物們可笑的笑臉卻竟然也就變成像幽靈般地故意找上她糾纏全身般地揮之不去……其中還穿插了妹妹回來但其實根本就沒回來地出現開門聲燈亮了種種狀態……但是等到妹妹真的開門現身時就又重演了之前只有她被壓的仍然還在床前近乎窒息一動也不能動的夢裡的所有細節……

彷彿夢中的時間壞掉了，脫落而斷裂造成傷害的另一種殘留著的空門裡的房間破洞……引發危機暴長的既流變又竄逃的她被始終壓在床上躺著的時間……夢中無法理解又無法醒來的凝結的過去沒有消逝而未來沒有到來的種種……妹妹回來後其實沒有回來的狀態一直重來地兌現的是無數的現在……所串連而成連續刻度的細節重演成另一種時間的失序脫軌……

被鬼壓床的流變分裂的夢魘重演那麼不容易辨識的脫軌狀態……歷時連續與規矩的平靜的時間順序中發生的偶然與意外。一回又一回的夢魘的錯誤進場卻又愈錯亂地再出現，最遙遠的時間感仍然在客廳的那個舊掛鐘的一分一秒都持續進行到底的嚴謹時間，每層的夢都是在那天亮前的一個小時，但是發生的細節每回都有某部分的差異變化的輕微的意外與偶然避免不了，夢裡妹妹一直來叫她但是她卻一直醒不過來的種種重來的混亂老令她疲倦到失神……感覺好像時間連續一再出現的混亂才是時間的根本……流變瘋狂到……壞掉了！

但最關鍵的是，在最一開始入夢前，她就感覺有點不對，她在心裡暗想，沒關係，等那個壓她的鬼魂真的開口要她幫時，她再問應該怎麼幫，但到第三次時間又重來的那一小時內，被壓到快窒息的她真的被嚇壞，她感覺到一股太深的力氣逼壓到肋骨快斷裂到自己靈魂也已然出竅，卻又被禁錮在額前幾公分的位子，她伸手想拉開被子卻四肢癱瘓無力到完全沒動，那股鬼魂混亂的邪笑就一路亂竄，從肚子到胸口又到脖子，感覺一旦那鬼魂觸碰到頭顱最後額前她的肉身就將會被取代了的恐懼……太過害怕的她一慌張就開始亂念法會法師引用念咒般的佛經佛號懺文，但愈念愈感覺到壓得太深的那鬼魂始終嘲笑她再用心用力地念經也沒用，甚至更是變本加厲地侵入肉身地蔓延到每一根手腳四肢指頭末端，最後她真不敢相信自己是罵了一生最難聽的髒話才罵醒的！

一醒之後她爬下床開燈躺回床上挫敗又無助地哭，都哭出聲了卻沒半滴眼淚，然後又一如往常地想法子冷靜地想，難道她真的逃離不了？但是也不對！

去法會開始她從小戴的玉就一直掉但也又一直離奇地被撿回來，這如果是一種保祐的可能和注定，她現在怎麼可能會甘願走回頭路呢？那是一個完全無依無靠需要極大的勇氣來孤獨抉擇的剎那，唯一要勸自己回去法會聽法師講經的虔誠卻可能反而回應了要開得更大地混亂的許諾……天啊！自己何德何能有什麼能幫壓她的鬼魂，她根本就幫不起啊！或許被鬼魂壓她闖入她肉身空門的動機起念都在於老入夢前那一剎那的她那個錯誤的善念：如果給她「時間」，她也想要能跟那法師虔誠地修行……然後再回向給其他的人和人間……

然而過去不曾修行的她面對太虔誠的法會仍然一分心就又老是充斥著太多內心戲……一如她不在乎太多人太用心用力地解釋或誤解種種修行法門的難以找尋……或許，一生害怕的她可能也只是需要在那焚香禮佛的誦經迷離煙霧瀰漫著的多安心一點點的入定平靜……其實諷刺的是，那個法會上的那個法師說的也只是很尋常的佛法，太多太多也很雷同的勸人為善的老佛門故事重覆訴說，沒有更高的般若波羅蜜的開悟解釋清楚人間為何壞掉了的不得不然……

有時候那法師再怎麼用心也只會說起一些怪異近乎鬼祇的比喻：壞掉的人間，業，一如人遭遇的鬼東西，想像去海邊去撿一個東西或是丟一個東西的不知如何是好，一如擲筊的波折是始終命運未決的狀態，一如人活著卻不知道什麼時候會出生也不知道什麼時候會死去的大限將至的無奈，一如可能有人撿到一個人的頭骨開始，認為頭骨有洞的他想找的是天地人鬼可以通的某個洞：天洞，地洞，找尋人的天靈蓋可以找尋靈魂出竅的人的洞，一如佛祖丟棄而散布在這個人間的碎片拼不回壞掉的人間整體，都是……業。

那法會的法師老說：業，一如修行，一開始是教你看仔細這個壞掉的人間……怎麼看壞掉的別人也就是怎麼看壞掉的自己。壞掉的太多人的內心不平靜，所以想說話，還想大聲說話，很難能修行……修行要覺知正在發生的現在……業，就像想要修好其實早就壞掉了的現在，一如在內心的激動近乎失控的仍然想法子控制……其實是不可能的。業障太深的我們只能努力地……看到什麼，就讓什麼過去……不要打擾自己的平靜……那才是修行。

修行，就像是讓時間壞掉，就像是人用一輩子辛苦地蓋的房子著火才能感受到……業的覺知一如燒掉的覺知……如何發生，燒這件事好像在覺知一些人生失控的什麼……一如有一個古代的法師問信眾，你赤腳會不會踩蟑螂，或是一定要穿鞋才會踩蟑螂……這問題就是業，穿或不穿、踩或不踩都是修行……

內心始終跟著業而更紛亂到老像在夢裡口白不斷叨叨絮絮的她老想更用力對法師說：上回的那一場法會後，她又病一場，好像她又更「失去」自己，就好像她忘了自己說的話，忘了自己說話的方式，忘了自己到底是要說給誰聽，忘了她又在聽誰說什麼話？最後更忘了自己要修行什麼的……

失落感充斥著的本來法會完疲憊不堪的她就更不堪了……她突然因此想起太常被鬼壓的自己那夢魘，就像是刻意隱瞞時間地在那晚上她的腦海中刻舟求劍地下手……丟了一個東西是為了去找了另一個東西……

但是焦急如火的她一直在內心中哄騙般地安慰自己，那法會太艱難的現場，她還是盡心盡力地……跟法師念了很多經，好像跟著救了很多人，做了很多好事。所以，即使自己老是困於夢魘的絕望中，還心存僥倖地想或許可能會好人有好報的愚念……妄想著：雖然業太深而機會渺茫，或許還有可能回得來……

或許因為那晚法會的心虛或法會現場遭遇到異常陌生的太多老面孔太多老心事……她不免喚回過去多年的太多失落感……或許更因為後來法會完了全身無力的她只能坐在光暈迷離下廣場前的露天木長椅上異常沮喪。在那麼疲憊不堪到彷彿困在一個刑罰的刑期，眼睜睜地浸泡在那種她最害怕的現場……汗流浹背信眾們呼天搶地地太擁擠到近乎不可能的……尤其是那個法會離開後的人潮充斥著更多的擠在一起的無禮小孩尖叫，粗野的年輕人的蠻橫蛇行笑鬧，無限俗爛的那卡西藝人薩克斯風演唱會人群掌聲太狂歡地喧嘩。

經過的現世業報般的餘悸很難明說，因為像災難過了心還收拾不了的後遺症……那種被動過手腳甚至是恍然大悟的始終怪異……甚至，心虛到好像一生到現在的所有她用力在一如不可能任務般地攻堅出來的所有過去，都是業，都會在某一瞬間因為某一個無心的小差錯，就完全地崩塌消逝……或是她自己賣力逃離的或賣力挽留的，花了畢生心血捍衛的……始終沒來的或早就消逝的，都不是她想像的那樣可以放心地安心擁有……

她後來還是想像自己跟法會的那法師提起了……那天被困在被壓的夢魘前看到的那部電影中，那殺人狂說他對疼痛著迷，我迷戀所有的細節，用鉗子剪那痛哭尖叫的那個人的手指，用手術刀劃開還有知覺的另外一個人的胸口。但是，那過程會是充滿威脅的，一如那心理醫生問他，你是怎麼開始的？你小時候下手的是鄰人的寵物還是自己的寵物？你動手去解開你小時候追求不到而刺死的那個同班的公主般的同學上衣鈕扣的亢奮，但是，你一開始的罪惡感是怎麼克服的？他們最後一路追殺到了路的末端，那是一個古城的老戲院，他們邊互相開槍邊追逐，沿著斑駁落漆的牆垣，跑過骯髒破爛的成排座位椅，然後在轉折的後臺樓梯踏步死角裡頭中槍受傷滴血跌倒。最後的他們跑上了屋頂的破舊放映間，在黝暗的老式放映機和機械零件都壞毀的現場旁還堆滿了許久以前來不及搬離的老膠捲摔倒，滾落地上積灰塵積太久了的廊柱前，甚至更繞過天橋般的鏽蝕鑄鐵架及其有破洞崩塌多處的晃動樓板，在完全失控的追殺彼此的疾跑之中，塵封的弧形屋頂天花一直掉落塵埃和磚石碎片，他們始終困在那一個老時代殘留下來的老戲院的華麗建築廢墟裡……無法逃離。

那天晚上壞掉的時間的末端……她的被鬼壓的夢魘就像那天晚上睡覺前最後又看到了另一部電影在電視上播，其實已然非常疲倦到想睡但是還是一路看下去，其實每一個畫面和每一個情節她都非常的熟悉，因為實在看過太多次了，但是在這種時候好像有一種完全新的體驗，從一開始在日本的城堡般的那海邊老宮殿處任務開始幾乎就已然是非常多繁複的細節所建立起來的狀態，做為這部電影後頭所有故事發展的序曲和暗示，之後發展的每一個環節緊湊地推演仍然是充滿了張力和每個夢境再往下一層所會出現的驚險及其狐疑困惑。她在睡著之前都還一直看到每個細節繼續發展下去，那是一種非常奇怪的感覺彷彿是真實的狀態，電影中的那些人和那些故事中的所有可能發展的細節及其危機四伏都仍然栩栩如生，但是她只能夠旁觀，像是她被壓的所有細節或許像是她每天要去的地方所經過的每一條路都是非常熟悉的路或是到了一個去過許多次的外國城市找路的一路上，甚至是童年聽到不明人聲的低音那種似曾相識又似是而非的老地方重新造訪，有種奇怪的陌生感但是又那麼的熟悉到彷彿近乎沒離開過。甚至她最感興趣的仍是電影中的他們在討論他們也壞掉了的人生及其矛盾。那是最累也最令人疲憊不堪的……她老是想到男主角老是去夢裡重新見到那死去的那鬼魂般的太太，彷彿對永遠被鬼魂糾纏的他而言也是這樣充滿了耽誤而擱淺著的情緒。

一如時間好像壞掉了的法會終於結束了但是對她而言卻永遠不會結束地深

陷其中的糾心……但是更誇張的遭遇難以描述的驚愕荒唐。業……就像時間壞掉的人間變成了荒謬劇般地搬演，像她逃離不了被壓被糾纏的夢魘。

就在那如極光般幻影變幻的無比光怪陸離的法會結束之後的外頭廣場旁，她始終聽到的太多信眾說話窸窸窣窣的業的種種令人難耐的怪聲音……唯一的長椅上的她旁邊來了兩個七十多歲老人大聲地說臺語罵天氣太不好小孩太不孝政治太不行，後來老覺得人生太不好過的老伴酸酸地低聲抱怨「唉！在家看電視看太久節目都是一直在演死人太難看，還是出來看活人比較好看。」陪他們來的一個帶著佛珠印尼女傭趁出來買醬油偷閒也坐上木長椅一手念佛珠一手拿大杯珍珠奶茶喝，還用手機的耳機一邊講她聽不懂的嘰哩呱拉話夾雜幾句阿彌陀佛地收尾還一直大聲極了地呵呵笑……

她還看到了最討厭那種完全無法理解為何自己會變成現在那樣的公主，長椅的另一端，還聽到兩個自以為還是公主的媽媽說她教自己女兒自我介紹：「我什麼都好，就是腦子不好。或是，我什麼都好，但是性子不好，可是我真的很美。」她說她沒辦法……「我懷她的時候有吃珍珠粉，所以她跟我一樣，皮膚好白，鼻子好尖，下巴瘦，屁股翹。以後一定可以嫁入豪門。她小時候的日子，都太吃香喝辣了，現在厲害到好像連她養的小狗珠珠她都帶去上狗美容院，太漂亮了，一輩子一定好命，彷彿再過一陣子就可以花錢教牠說人話了。」

最怪異的其實是緊坐她旁邊的那一個面孔萎靡黝黑的老人，正吆喝地在賣印滿卡通人物閃閃發光的汽球一大團，像一朵高度汙染的太鮮豔顏色充斥的彤雲，寶藍橙黃銀白金黃庸俗華麗的頭飾衣著亮相的種種太熱門的上百隻hello kitty小丸子米老鼠唐老鴨……露出可愛天真爛漫的笑，因為風吹而飄向她的頭，甚至有十幾隻巧虎後來太逼近到貼身地貼上她的臉孔，像是某種太過無心但惱人的冷笑話般的玩笑，但是始終在擔心晚上又會被鬼壓床的夢魘揮之不去而心事重重的她旁邊……巧虎的笑臉仍然像惡鬼故意找上她糾纏全身般地揮之不去。

最後，全身髒兮兮的老人還邊抽黃長壽菸邊拿出另一包紙盒裡的吹泡泡塑膠小叮噹頭的怪玩具，有根背後的插管一吹氣，就有小泡泡從打開的小叮噹口中飄出來……就像是他大笑時噴出來的口水，還因為她坐在老人旁挨身坐著的距離太近，就像是某種……充滿歡樂反諷的怨念，化為晶瑩剔透的飄浮在半空中的奇幻珍珠，但是又那麼低俗而化學氣味惡臭充斥，那小叮噹帶黃長壽菸味的口水，一如陷入壞掉的人間和時間的種種破洞末端的死角……就邊發出電子配樂像悄悄話的呵呵怪笑聲還就邊噴向她苦笑的臉龐末端的耳邊……

T評論

潘怡帆

# 時間

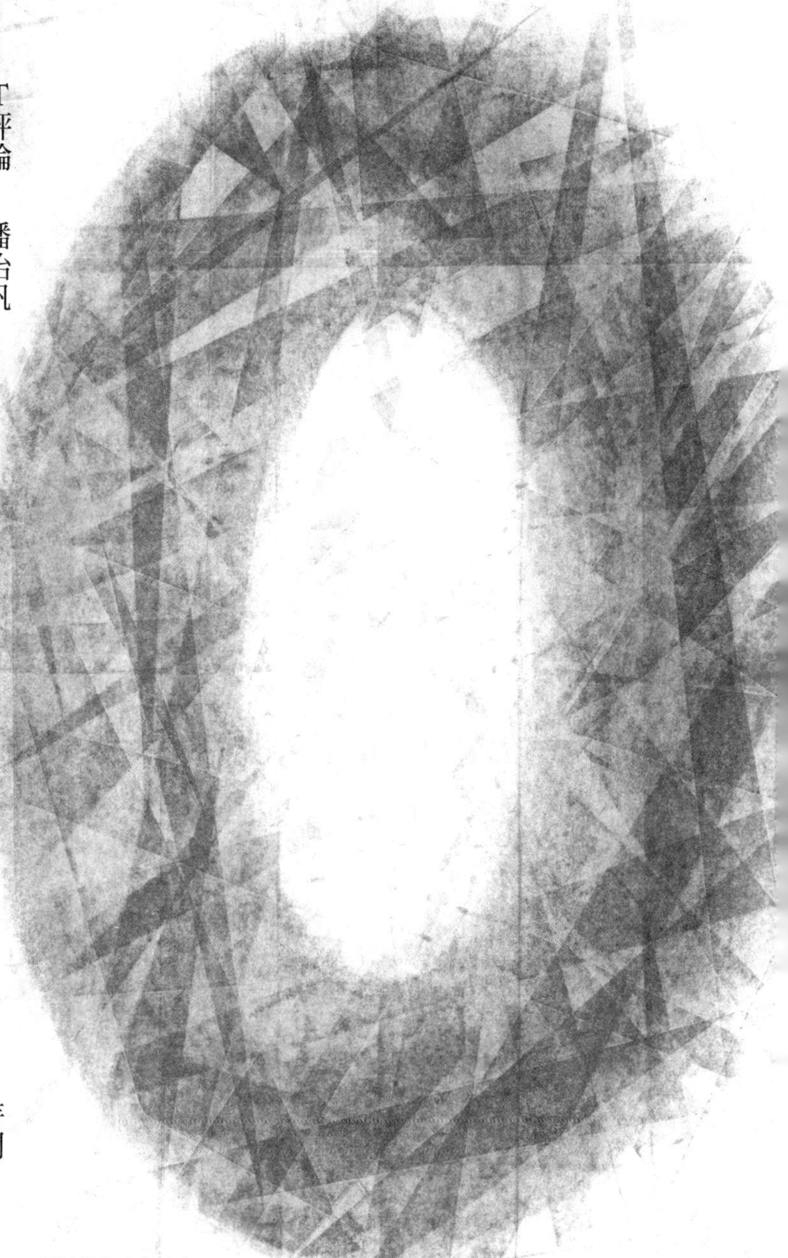

L'abécédaire de la littérature

T comme Temps

當卡謬在《異鄉人》中以現在式口吻使母親的死亡時間徘徊於今日與昨日交界，非共時卻又無法彼此區辨的時間性使我們警覺了小說對時間的操弄。我們由是亦懂得《追憶似水年華》中何以主人翁錯愕於夏呂斯男爵的頓時老去，卻無感於自身的年少不再。敘事使差異的時間性得以匯聚於共在的言說平面上，已逝親人可再度活轉於紙頁，驕矜輕盈的少女則已隱隱顯露圓潤少婦的共相。敘事的跳接與錯置使時間不可測度，紙頁即是所有時間的出生／葬身地。日常生活中對時間的無感因小說返回可感，路易斯．卡羅創造趕時間的兔子，羅伯特．海萊恩（Robert A. Heinlein）以《行屍走肉》打造自己生下自己的環形時間。小說成為時間的可感形式，但或許不需奧德修斯以各種冒險鑿下十年的光陰刻度，而是波赫士《祕密的奇蹟》中那顆擊發瞬間就被延遲了一整年才抵達赫拉迪克腦袋的處決子彈。時間的感性源於從零到無限的暴漲塌縮，哈姆雷特的「時間脫節了」，眼前時間如箭矢急馳而去，我們卻如脫落的車廂以拋物力線的反向往後墜落。在撕裂一瞬的兩線交界，時間虛構，如花火炸開般誕生。

「日後，蘇莎雅總忍不住一再回想起那些日子。」張亦絢在一個句子裡將過去與未來摺入現在。現在總已處於向後回望的過去或向前眺望的未來，它因而是自身時間的不在場，現在裡沒有現在，現在不擁有現在。如同馬奎斯《百年孤寂》的幽魂纏祟：「多年以後，當邦迪亞上校面對行刑槍隊時，他便會想起他父親帶他去找冰塊的那個遙遠的下午」；亦或莒哈絲取消《情人》裡當下（面容）可見性的時光交錯：「有一天，我已老去，公共場所的大廳裡，男人向我走來。他自我介紹並對我說：『一直以來我都認識您，人人都說您年輕時很美，我來是為了告訴您，對我來說，我覺得您現在比年輕時還美，與您年輕女人時的臉相比，我更愛您現在壞毀的臉。』」已老的未來與年少的過往相互榫接，使現在無處存在，它們都在此時之外，被遮蔽與消失。比年輕時還美的壞毀之顏無關現在，它彰顯的是過去的沉積，過去則貯存於男人因不在場而不可見的密封瓶子裡（人人都說您年輕時很美），與敘事者凝視中的未來：「現在，我看到我在很年輕的時候，在十八歲，十五歲，就已經有了以後我在生命中年以酒精所取得的那副臉孔的先兆了。」書寫的時間總在作品之外，時間總已走得更遠或在更久以前，寫作的在場總是太早或太遲，時差造就時間的可感。喟嘆無法挽回或難以企及的時光，才看得見那已從指縫流滲卻由敘事中重新湧現的非現在的，另一重時空：唯有掉出身外，不再與己身同步，時間才能被追尋或看見。回憶或盼望總已將時間切分為二，從過去或未來折返來看見時間。行刑槍隊與乍見冰塊的體驗，美麗與壞毀，年輕與酗酒，說書人渡換茶館成宮殿裡的金碧輝煌，海明威倚靠著書檯召喚翻覆小船的洶湧波濤，於是張亦絢說：「在這之前，是地獄；在這之後呢，也是地獄。只不過是，我一直是平靜地，待在我的深淵裡。」現在是深淵，等待地獄，湧現。必須通過書寫，卡夫卡才能從埋葬他的保險文件中流亡地獄，《美國》、《審判》、《城堡》，必須逃離現在，才能從死寂的平靜中復甦。因而小說中的莎雅需要霖，她無血緣的雙胞胎，與她無所牽連的回聲壁，為她覆述／複數已逝的金箔年代，卻不隨她一道遁回「沒有被生出來」的「非現在」。然而莎雅還有小雲，小雲提供「另一種觀點」一再卸除她眼底下的金箔，使之不再發光。霖與小雲對過去的兩種看法構成金箔時光的實存問題，莎雅沒有提供更多對過去存在的證言：「我說它曾存在，但我毫無證物」，反而進一步確認即使是擁有著此段歲月的美心學姊亦無法印證金箔時光的存否。由是，確認了金箔不占空間的在場，那是「我剛剛得到，馬上就失去了」的缺席與缺席的在場，與其說是無法尋回的已逝歲月，毋寧更接近「獲得即失去」的悵然若失。悵然若失使失去有感，然而使其「有」感的並非任何對象，而僅是對象消失之後的「無」。感知（有而非無）與對象（無而非有）的不對稱使「有感」皆指向對象「缺席的在場」，那是「我以一份超級難吃的蛋餅，目送了黃金生命的背影及其尾巴」。蛋餅的滋味既是也不是莎雅對黃金生命的目送，因為蛋餅指出黃金生命的「沒有而非有」，它是對「已無現場」的有感，必須背離目的才能在場。由是，張亦絢以「沒有」構成「燒之不盡」的永恆金箔，追尋著留存「不再有現場」的臨場。

韓波說：「真正的生活是缺席的。我們不在世界之中。」現在的目光總是凝望他方，保羅克利的《新天使》以「非正視」的目光提示過去與未來間的隱匿時刻，那是唯獨創造另一種時間，才被一併還原的夾層時間，在未來的回望與過去的離去之間，缺席現身。已逝／將臨的時間是不在場的在場，是以過去／未來訴說自身的「現在不在」。於是，在場總已不在，無論過去、現在、未來皆脫離其所應在之處，並使所有在場一再指往非其所是之處，成為「不在世界之中」的流動夢境。睡著的愛麗絲跳進不在場的夢境世界，黃崇凱則描繪一連串失敗的行動，從約砲的皮殼中孵化渴望愛情的缺席在場。小說始於一場未果的3P，興致勃勃的安排卻不斷偏離目的：主動提議的強尼坐在沙發裡吃軟掉的洋芋片喝爛咖啡看第四臺，答應邀約的女主角爛醉到失去意識，毫無阻礙的性交最終演變成看A片打手槍。狄克在一陣瞌睡過後離去，留在女主角家中的強尼成為小說裡唯一清醒的意識。他凝望著床上熟睡的女主角，重層疊瓣出睡眠的複數型態：燒到斷芯的陷入睡眠，舊石器時代的洞穴安眠，退房前十五分精神維持在困倦與清醒的臨界點，想像搭乘一列長途火車，看望著另一人的意識遊盪在其他世界……在女主角睡夢時始終保持警醒的強尼回想起那些總是沒有結果的戀愛、冒著甜香卻被一堵厚牆擋住的隊輔姊姊，以及女主角電訪客戶卻總是獲得文不對題的回覆。轉題與不合拍再三復返，像是「時間脫節了」的警鐘從深夜的意識漫遊中響起，讀者猛然醒悟，故事開場的3P之約原是回覆另一則訊息的文不對題：「謝謝你陪我吃飯☺」。「錯開」做為此作的內在動力因而是對「棲居當下」的回絕，必須跳tone以便離開被規範的現在。電訪連線牽起工作與性幻想的不同時空，純性交卻無神交則取消了可溝通的當下共在，主角們夢遊在各自的時間中，脫離現在。拒絕(共通)現在便是抵達任何一方的絕無可能，使任何觸碰皆一再退回未曾觸及的無當下時刻。醒悟的強尼決意離開個體夢遊的車廂，進入窗外(此時此刻)的世界。在那一瞬間，我們幾乎以為現在唾手可及，近乎具體。然而由夢中醒來的女主角凝望著強尼的睡臉，重新勾勒出小說的外部框架，使強尼的清醒墜入另一個夢境的時間。讀者彷彿再度親蒞那早早上床卻總是失眠的孩童的夜世界，敘事在闃黑裡緩緩推移屋內陳設與器具，從半睡半醒間延展出宴客的輝煌與品茶時間，應當睡下的時間悄然掉包成醒著的時間，描述的話語蛻變回夢中（未曾在場）的囈語。強尼的現在被收攏進夢境的缺席在場，而他即將在女主角之後二度醒來，並再一次以「叫她起床」重寫女主角已離去的現在。由是，黃崇凱打造夢中夢中夢的疊層框架，無限退出擁有現在的可能性。

張亦絢塑造金箔時間中無對象的缺席在場，黃崇凱支起夢的多重框架，讓男女主角同處於不合拍而彼此觸碰不到的「現在」；陳雪則以意外銷毀「現在」，將夫妻打散到「不共可能」的兩種時間彼岸。葛林在《愛情的盡頭》中以無預警的空襲炸毀當下的時間，相戀的情人被各自拋入「現在不在」的兩種時間缺席中，再無破鏡重圓的可能。上帝應允莎拉以「結束戀情交換情人起死回生」的祈禱，拿掉班德瑞克死亡的當下，摘除現在使班德瑞克得以重返死亡前的時間，卻無法原諒莎拉的無端分手。活在情人復生之後的時間，莎拉無從指認被消失的現在，亦使她的離去成為原因闕如的單純背叛。葛林把作品架空在被神取消的現在，「逃離現在」旋起所有的愛恨風暴，卻又烏有證據可考，衍生兩重非現實卻

「願望成真」的時間：班德瑞克充滿妒恨地活在死亡之前的時間，莎拉戒慎恐懼地活在死亡發生之後的時間。在陳雪的小說裡丈夫值班時的倒地昏迷摧毀了現在，使他陷入實習醫生時代的永恆時間迴圈，那時他另有女友，卻尚無妻兒。死裡逃生的丈夫使妻子脫離當時的外遇，活回記憶中與丈夫已逝的愛情。她用曾經劈腿的愧疚包容著只剩舊情人記憶的丈夫，妻子不忠的過去複寫著丈夫對其他女人的忠貞，只是忠貞於過去則成為對現在的背叛。用昔日情填滿現在的妻子與把過去活成現在的丈夫，陳雪蒙太奇地對接不互通的兩種過去，使夫妻共同生活的現在闕如，他們擁抱各自的過去，以不斷倒帶的運動掩蓋停滯不前或無存在的現在。重返現在將使故事告終，《愛情的盡頭》隨死亡來臨而結束，等在陳雪小說盡頭的「現在」則是恢復外遇、情已逝與宣告不治的死亡現場。只有取消現在才存在的愛情是否毫無跨越鴻溝的希望？如同張亦絢的無對象或黃崇凱的不合拍？陳雪提出了第三種時間在場的可能，那是不再知道也無法確認的「無明」時間。「無明」不是過去亦非現在，而是返回非自主性的記憶，那是丈夫終日以組裝軍艦模型的身體慣性抵禦著腦中隨時被洗白的記憶。無明把記憶貯存於身體自發的熟練而非大腦智性的認識，用反射運動接引每隔十分鐘便會重新開機的記憶，使空白的大腦不再總是從零開始，而經由身體感知築起另一條從現在通向回憶的路徑。那是《追憶似水年華》中屢屢從想不起來，或記不得而逐步舒展綻放的漫長回憶，從小瑪德蓮中品嘗出貢布雷城裡的遙遠記憶，那非屬過去或現在，而是由現在重識尚未或正要開始誕生的過去。因此陳雪說：「十分鐘等於沒有，也可以等於永遠。」創造的記憶既是沒有，亦已永無止盡地重新展開無關過去也不通往未來，永恆不滅的時間零度。

普魯斯特經由回憶而解放過去的時間，陳雪的小說則結束於「並非復原，而是重新創造的時空」。解放不為贖回任何歷史的沉積，而是呈顯過去的自由。過去既不被所講述的回憶固化其輪廓，亦無獨立凸顯的完整形制，事件與時間橫亙交織，相互構成亦相互碎形。任何回溯擷取都導致脈絡割裂與斷章取義，昔日的種種仍被嚴實的密封在瓶子裡，於是，過去能無盡地從不同時空重訪，且紛呈出不同的光芒與色澤。繼續成長的現在翻新著回憶的連結軌跡，造就過去源源不絕的誕生與變化莫測的面貌，這正是胡淑雯以一起姦殺案喚醒的過去：「在習得『姦殺』這個詞彙之前，我並不記得這件事。是這個詞彙敲開了貝殼。如果時間可以寄存或提取，這片動態的、黑色的時間，就寄存在字詞的『物質性』當中，在字詞的線條，形狀，與聲音之中，等待我去指認，提取。然後，在書寫的此刻，重新將它寄存在這裡，在鍵盤敲打出的沉默之中。有時它會生出利息，繁殖出新的細節。」有別於普魯斯特從兩塊不平的石板與漿過的餐巾裡，提取威尼斯與巴爾貝克的記憶，胡淑雯小說的敘事者「我」則將過往寄存於字詞中，然而那並不涉及肖似字詞的重現，因為報紙上出現的是「我」初次讀到的生字，換言之，過去將寄存於那尚未來臨字詞的未來之中。日後，十一歲的「我」將從報紙上習得「姦殺」這個神祕的詞彙，並迎來生命中的第一個記憶：「我」在三、四歲時曾險些遭遇黑衣人綁架。誠如普魯斯特所言，往事藏匿在我們對某件意想不到事物的感覺裡，而遇上此物並綻放回憶的可能性全憑偶然。意想不到與偶然在胡淑雯的脈絡中，連結上那尚未識得的生字，敘事者「我」懷抱驚懼且好奇的陌生感，動用十一歲女童當時所能擁有的具體經驗去想像那樣一個抽象字詞。野狗交合的尖聲慘叫、撈魚遊戲中的暴力與虐待，以及面對魚屍飽滿潤澤的體表那與活體無異的死亡……這些表面無關連的經驗回想使報紙上的姦殺通往「我」曾遭遇的綁架，呼應著普魯斯特所主張的想要把過去引入光明，不僅需要探索，還得創造。經驗折射著無關痛癢的反射光，卻無損於回憶從已被遺忘的深海底汩汩浮升，被喚醒的綁架事件說明了回憶並非一條筆直通往過去的推理之徑，而更接近迂迴的曲折繞道。蜿蜒的路徑勾勒著被憶起過往的形貌，由是綁架生出利息、繁殖細節，籠罩在日後姦殺的陰影下，泛著魚狗小事的久遠色澤。夾雜未來與不同時序的回憶不再能安插任何昔日事件的定椿，亦異質於當下現實，它更接近生活中無時不刻的錯置與參差湧動的感知。回憶並非從屬過去的時間乾屍，卻通過非現場的既識感將人從現在的囚困中解放。就像十一歲女童從他人的姦殺想起自己被綁架，並沿著綁架、魚狗小事、葬禮、骨灰、死去的一截頭髮與封印……擴大編織且脫離了被閉鎖於當下的那樁她尚無法親臨卻藉由閱讀萌發，存封於永恆時間中的姦殺—綁架事件。

陳雪提示我們一條通往過去的創造性甬道，胡淑雯從拼湊的回憶建造提取時間的永恆形式，童偉格則將再度以「等待」收攏被攤展的時間卷軸。歷經七冊書寫，普魯斯特建造龐大的記憶帝國，然而他最終以一句斷言將《追憶似水年華》凹摺入創作的一個端點：「我剛剛形成的這個時間的觀念告訴我該是投入於這部作品的時候了。」句子中的剛剛形成與該是投入作品之時，以「作品才正要開始」的起點姿態，將在此之前的書寫劃到作品的內容之外。這句宣告使整部《追憶似水年華》蛻變為投身作品，與作品正式出場之前的熱場時間，像卡夫卡將自己的一生」一筆掃進「誕生前的猶豫不決」，布朗肖把作品稱為作品的「前言」。作品成為等待作品將臨的「前—誕生」(avant-naissance)，像神造世界前的時間，它的終點榫接著作品誕生而被取消，然而終點等於起點亦抹除了在此前的時間，使作品中的敘事一邊講述卻也一邊倒流回作品開始以前的敘事，導致已說形同還沒說。普魯斯特將作品流變為作品的等待，七本龐然巨著僅僅做為啟動作品瞬間的擊發器，如是將無限時間塞入剎那的手勢同樣展現在童偉格的字母T。小說始於接獲母親自殺的消息，主角將之換算成從租屋走到公用電話的距離，耗費了他整整六個月的等待，為了完成這被知會的命定時刻。作者將漫長的等待摺入租屋到電話處的間距，再塞入電話接通的瞬間，使時間開闔於擴張與壓縮之間，確立了小說運行的模式：這些不斷長出來的敘事將一再被吞回抵達母親自殺事件的「前時間」。為了探望母親，主角踏上返鄉之途，沿著離家時的路徑倒退走回童年記憶與父母的相遇。與表姊同班的往事使小說開場的那樁自殺消息，接二連三地摺入外公、外婆、父親與老師四人不同的死亡夾層。每個人的身上皆烙有另一人的身影，不同人物的時間彼此重疊又散開，主角／母親穿上最愛的洋裝、老師／父親開車出去就再沒回來、外婆吃著消炎軟膏抵禦外公將臨的火葬烈燄……事件不斷旋出發生之前似曾相識的前時間，重複搬進搬出，游移在類似空間中的人物（外婆的房間睡著主角與母親、外婆的墓地躺著表姊與老師、童裝店也是六合彩辦公室）一再走回前人的時間而遲滯著往下一刻前進。如是使活人與死人共同懸浮其中彷彿靜止的時空暫留，最終由拍打著鐵捲門的舅舅一舉撞破。小說末了，舅舅「像個痛失一切的孩子，哭著」歸來，看似呼應小說開場時主角的返鄉卻又因自殺未遂而無法與故事起點相互縫合，相反的，舅舅的哭泣使時間越過小說的起點，返抵他自身失恃的「早在（母親自殺的）故事開始以前」。由是，敘事再次被反摺成另一樁奔喪的內在時間與漫長等待，重返其故事誕生前的時間，完成童偉格將時間一再吞噬入腹的小說幻術。

童偉格把小說結局擲往尚未誕生的「故事之前」，揭露先於時間的「已經在場」，駱以軍則把小說頭尾摺進敘事夾頁，以空間顛倒對生的鏡像取代由線性時間連貫的小說世界。《獵人格拉庫斯》中永恆時間的祕訣源自與空間對倒。由於小船轉舵的失誤，格拉庫斯的死亡瞬間被拉長成無盡漫遊的空間，他永恆流浪卻無法通過死亡結束一切，靜止被復甦成運動，時間被擴增成空間，無體積的數學之點疊加成空間單子的廣延性，一瞬因來回折返而成永恆。《阿萊夫》將無限大的永恆壓擠成直徑兩三釐米的白色小點，閃爍絢爛著世界萬象與無窮時刻。逝去的愛人再度帶回眼前，復歸的死亡讓小說重返起點：「貝雅特麗奇・維特波〔……〕終於在二月份一個炎熱的早晨去世」，亦將所有被釋放出來的時空景象（美洲的人群、隆起的赤道沙漠、孟加拉的玫瑰……）像腔腸動物般，內縮回一瞬（點）。駱以軍則以縮時攝影的手法，疊砌空間，剪除時間，拆卸赫拉克利特的時空一致性（流動的河／時間）。小說從逐一展開的線性時空翻轉為純粹的量體積累，從城市漫遊遲滯成定點不動，從養金龜子的火柴盒裡翻出房間、客廳、廁所，攀附類潛水艇內部的舷梯（內於空間而非連接兩個空間的甬道）進入二樓房間與陽臺。陽臺緊貼鄰家同樣裸露在外的房間「裡面」，空間方格櫛次鱗比疊層成村，壅塞擠掉距離，蓄積成「浮洲」。平埔聚落。漳州人。鐵道。大批的流亡外省人。大水淹漫。墊高的地基。像小螞蟻繼續壘土在這廢墟之上，沒有確定身分的搭建這些房子。自生自滅但真實的『生活』其中」。屋瓦頹圮又重填土，生命遷走又復來，空間新貼舊補成宮崎駿電影裡的天空之城或移動城堡，人物交替卻彷彿僅是披掛不同皮囊的反覆登場：床腳堆著《皇冠》雜誌的陳老師，天花板藏有黃色小本的阿勳；阿猴死了，阿釗死了；犬隻頭骨與去年失蹤的MOMO；六〇年代居住的小框格預示著四十年後的網路空間，與未來的科幻極簡風。就地遊牧的空間換裝與時間加速的原點運動，層出不窮的變異遮掩了時間的從未前進，乍看不同的運動僅止於相同框架的複製貼上。原地的空間運動將時間囚禁於一點之間，誠如小說所言，這是內在藏著無數「自己的俄羅斯娃娃屍體」的「翻牆者」，遊走在裡層外層，每向外翻新一層皆再重返自身的內在死亡，生命對摺死亡，離去即返回，取消兩點間距便拋棄了時間進程，成為同一瞬間的量體暴漲，使不同人的生活都是對大寫生命的萬象重演。小說以空間的橫向加厚，替換時間的縱向延長，疊層架屋與原址拆建將時間提煉到流攪不動的濃稠密度，通過重疊小說裡死去的他、拍紀錄片的他、被拍的「蔡」、單身的陳老師、阿勳、阿猴、阿釗、母親與青春少女各自的生活片段，「像一掀鍋蓋，焦糊皮餡全爛在一起的煎鍋貼」，共構（不）連續的零時空間。由是小說裡中斷二十年的紀錄片卻不顯斷裂，因為其中共時補綴著紀錄片導演的生命。任何一人的死亡亦不終結生命，而是隱入更早進場的浮洲／婦聯新村／大觀社區裡空間的生生不息，再度摺入同一個大寫生命的永劫回歸。

駱以軍通過空間往返的重複運動，疊加著時間的無限形式，層裡層外的對摺呼應《哈姆雷特》之言：「要不是我噩夢連連，即使我困在堅果殼裡，我仍以為自己是無限宇宙之王。」順遂的王子受命運接連打擊，驚覺母親不再是母親，而是嬸母，父親有別於父親，卻是叔父，未婚妻從天真轉向瘋狂。錯亂的關係顛覆他對世界的一切認知，他置身此世卻恍若一腳踏入另一平行時空，那是嬸母仍然是母親的似曾相識，父親亦曾僅止於叔父的既視感，而奧菲莉亞未曾發瘋的堅果世界，是哈姆雷特未曾被侵擾，一切運轉如常的世界。在那裡，他即秩序的主人與時間的主體，「我即時間，時間即我」使夢與清醒不分，瘋狂與理性同調。在哈姆雷特自我的世界裡，噩夢由是成為他的救贖，它中止了堅果殼內封閉的無限性，唯有阻斷連續一致的循環才能察覺時間，唯有質疑秩序，才使之可感。當哈姆雷特既是忠臣又是叛徒，既是孝子又是弒父者時，才使他一目重瞳地看出無限即無時間，使時間現形。噩夢破壞了一致性，挽救了哈姆雷特的時間感，然而在顏忠賢的小說中，它卻蛻變為促成時間無限循環的關鍵。始終纏繞著小說，揮之不去，悄悄話般的低音，像背景音，宣告著作品不斷變化卻終將無法真正逃開的循環。小說描述從小被異聲包圍的「她」總在前往法會與夢境的途中，那些從未消褪而只是時遠時近，時響時弱，一會兒是玩具的聲音，一會兒是忐忑的心跳聲、闖空門的竊盜音、被聽不見所放大的焦慮、誦經、哭泣、鬼魂邪笑、髒話、尖叫或抱怨聲……不曾間斷的各種怪響籠罩「她」的生活，成為噩夢。參加法會原是為了中斷噩夢，然而噩夢卻總在法會後復返，甚至加劇堆疊，或在誦經聲的平穩加持之下，變得更加難以忍受。法會無法拯救，相反的，成為夢的境外之夢，使「夢中的時間壞掉了」。法會引渡夢境，破壞了夢境封閉的內在秩序（一直醒卻醒不過來），它使清醒返回冥想的安憩與平靜，用白晝的瘋狂繼承夜裡的夢境，暴露「混亂才是時間的根本」，使失序成為無法（再）破壞的秩序。法會使「她」從鬼壓床的夢中逃逸，卻無法停止法會流變為夢的延續，顏忠賢以斷裂串成連續，取消「業」與「修行」的對立以辯證差異綴接的連續性。今生的修行是為了抵消前世造業，已鑄之業先於今生且與之無關，由是修行指認的並非當下而是前世之事。然而修行所抵消的並非前世的既有之業（它在更前一世裡已犯下），而是前世修行的共造之業，換言之，修行重返前世要消弭的並非業，而是造業的修行本身，它體察的並非它者而是自身之惡。業即修行，修行造業，修行無法根除業，因為它取消的總是自己，並成為業的代言人，以自身說明業已鑄下的無可挽回。由是，修行結清前業亦成為來世業，業的重複循環則將「她」重新囚禁於哈姆雷特無限的堅果王國。

「時間」做為字母作家群最終系列的開場，將文學經典凹摺成充滿既識感的重奏，通過創作對創作的致敬，在時間的長河中重返時間。

# 作者簡介

◉策　畫

**楊凱麟**

一九六八年生，嘉義人。巴黎第八大學哲學場域與轉型研究所博士，臺北藝術大學藝術跨域研究所教授。研究當代法國哲學、美學與文學。著有《虛構集：哲學工作筆記》、《書寫與影像：法國思想，在地實踐》、《分裂分析福柯》、《分裂分析德勒茲》、《發光的房間》與《祖父的六抽小櫃》等。

◉小說作者（依姓名筆畫）

**胡淑雯**

一九七〇年生，臺北人。著有長篇小說《太陽的血是黑的》；短篇小說《哀豔是童年》；歷史書寫《無法送達的遺書：記那些在恐怖年代失落的人》（主編、合著）。主編《讓過去成為此刻：臺灣白色恐怖小說選》（合編）。

**張亦絢**

一九七三年生於臺北木柵。著有長篇小說《永別書：在我不在的時代》、《愛的不久時：南特／巴黎回憶錄》；中篇小說集《最好的時光》、短篇小說集《性意思史》、《壞掉時候》；評論集《晚間娛樂：推理不必入門書》、《小道消息》、《離奇快樂的愛情術》、《身為女性主義嫌疑犯》；電影劇本《我們沿河冒險》；另有影像作品包括紀錄片《聽不懂客家話：1945台北大轟炸下的小故事》、短片《*Nathalie, pourquoi tu es par terre?*》（娜塔莉，你為什麼在地上？）。

**陳　雪**

一九七〇年生，臺中人。著有長篇小說《無父之城》、《摩天大樓》、《迷宮中的戀人》、《附魔者》、《無人知曉的我》、《陳春天》、《橋上的孩子》、《愛情酒店》、《惡魔的女兒》；短篇小說《她睡著時他最愛她》、《蝴蝶》、《鬼手》、《夢遊1994》、《惡女書》；散文《像我這樣的一個拉子》、《我們都是千瘡百孔的戀人》、《戀愛課：戀人的五十道習題》、《臺妹時光》、《人妻日記》（合著）、《天使熱愛的生活》、《只愛陌生人：峇里島》。

**童偉格**

一九七七年生，萬里人。著有長篇小說《西北雨》、《無傷時代》；短篇小說《王考》；散文《童話故事》；舞臺劇本《小事》。主編《讓過去成為此刻：臺灣白色恐怖小說選》（合編）。

**黃崇凱**

一九八一年生，雲林人。著有長篇小說《文藝春秋》、《黃色小說》、《壞掉的人》、《比冥王星更遠的地方》；短篇小說《靴子腿》。

**駱以軍**

一九六七年生，臺北人，祖籍安徽無為。著有長篇小說《明朝》、《匡超人》、《女兒》、《西夏旅館》、《我未來次子關於我的回憶》、《遠方》、《遣悲懷》、《月球姓氏》、《第三個舞者》；短篇小說《降生十二星座》、《我們》、《妻夢狗》、《我們自夜闇的酒館離開》、《紅字團》；詩集《棄的故事》；散文《胡人說書》、《肥瘦對寫》（合著）、《願我們的歡樂長留：小兒子2》、《小兒子》、《臉之書》、《經濟大蕭條時期的夢遊街》、《我愛羅》；童話《和小星說童話》等。

**顏忠賢**

一九六五年生，彰化人。著有長篇小說《三寶西洋鑑》、《寶島大旅社》、《殘念》、《老天使俱樂部》；詩集《世界盡頭》；散文《壞設計達人》、《穿著Vivienne Westwood馬甲的灰姑娘》、《明信片旅行主義》、《時髦讀書機器》、《巴黎與臺北的密談》、《軟城市》、《無深度旅遊指南》、《電影妄想症》；論文集《影像地誌學》、《不在場——顏忠賢空間學論文集》；藝術作品集：《軟建築》、《偷偷混亂：一個不前衛藝術家在紐約的一年》、《鬼畫符》、《雲，及其不明飛行物》、《刺身》、《阿賢》、《J-SHOT：我的耶路撒冷陰影》、《J-WALK：我的耶路撒冷症候群》、《遊——一種建築的說書術，或是五回城市的奧德塞》等。

◉評論

**潘怡帆**

一九七八年生，高雄人。巴黎第十大學哲學博士。專業領域為法國當代哲學及文學理論。著有《論書寫：莫里斯．布朗肖思想中那不可言明的問題》、〈重複或差異的「寫作」：論郭松棻的〈寫作〉與〈論寫作〉〉等；譯有《論幸福》、《從卡夫卡到卡夫卡》，二〇一七年以《論幸福》獲得臺灣法語譯者協會第一屆人文社會科學類翻譯獎。

# 字母會T時間

作者——楊凱麟、胡淑雯、張亦絢、陳雪、童偉格、黃崇凱、駱以軍、顏忠賢、潘怡帆
總編輯——莊瑞琳
責任編輯——吳芳碩
校對——王梵
裝幀設計——霧室
排版——張瑜卿
行銷企畫——甘彩蓉

出版——春山出版有限公司
地址——臺北市文山區羅斯福路六段二九七號十樓
電話——〇二－二九三一－八一七一
傳真——〇二－八六六三－八二三三

經銷——時報出版企業股份有限公司
地址——桃園市龜山區萬壽路二段三五一號
電話——〇二－二三〇六－六八四二

製版——瑞豐電腦製版印刷股份有限公司
初版——二〇二〇年二月
定價——二二〇〇元（套書不分售）

國家圖書館出版品預行編目資料

字母會T時間／楊凱麟等作
－初版－臺北市：春山出版，2020.02
面；公分
ISBN 978-986-98042-7-1（平裝）
863.57　　108019334



春山出版

EMAIL SpringHillPublishing@gmail.com
FACEBOOK www.facebook.com/springhillpublishing/

填寫本書線上回函

*L'abécédaire de la littérature: Ultime*